굿바이, 영자 씨

미술사학자의
엄마 유품
정리 보고서

굿바이, 영자 씨

미술사학자의

엄마 유품 정리 보고서

박정애 지음

사람의무늬

차례

제3장
세상 속으로

제4장
헛꽃 이야기

들어가며: 유품에 대한 예의

나는 미술사(美術史)를 연구한다. 주로 조선시대 회화가 제작된 시간과 공간, 사람의 역사와 의미망을 좇는 작업을 하고 있다. 연구를 위해 현재 전하는 그림은 물론 다양한 종류의 문헌기록을 조사, 분석하고 관련 유적지를 답사한다. 그 과정에서 대부분의 시간을 수백 년 전에 그려진 그림을 뜯어보고 시대의 흔적을 추적하는 데 쓴다.

사실 연구에 활용하는 자료는 모두 누군가의 유품(遺品)이다. 그림은 화가와 주문자, 소장자와 얽혀 있고, 각종 사서와 문집, 족보, 간찰 같은 문자기록도 사람에 의해 생산되고 전승되었으니 누군가의 유품이고 시대의 유산이다. 말하자면 나는 유품을 연구하는 일에 종사한다고 할 수 있다. 내 연구의 필요충분조건이 옛사람의 유품이라고 해도 과언이 아니다. 그러한 유품은 곧 역사의 산물이고 역사학 혹은 역사학자의 존재 이유는 '역사는 오래된 미래'라는 말에서 찾을 수 있을 것 같다.

우리가 박물관에서 만나는 유물도 기실 누군가의 유품이다. 그 종류가 그림이든 서적이든 생활용품이든 마찬가지이다. 사람들은 어떤 이의 유품을 보기 위해 전시장 앞에 줄을 서고 시간과 비용을 들여 외국을 방문하기도 한다. 때로는 전시장에 진열된 예술가의 작품과 소지품, 쓰다 남은 물감 앞에서 감동한다. 그 주인공은 대개 역사 속 명사들이다. 그와 달리 '민속'이라는 타이틀이 붙은 박물관에서는 역시 누군가의 유품인 민간의 생활용품을 비중 있게 취급한다. 수백 년 된 무덤에서 나온 도자기와 장신구 같은 골동품을 사 모으는 개인 컬렉터도 많다. 결과적으로 소수의 유명인과 다수의 무명인이 남긴 유품의 집적체가 인류의 역사라 해도 틀린 말이 아닐 것이다. 그러면 지금 이 시대 나와 우리 주변에서 볼 수 있는 유품의 사정은 어떠할까.

사전을 들춰보면 '유품'은 '고인이 생전에 사용하다 남긴 물건'이라고 정의되어 있다. 누군가의 죽음이 전제되어야 유품이 생겨나는 것이다. 누구도 생사의 이치를 거스를 수 없고 사는 동안 맺은 인연과 이별하는 경험을 하게 마련이다. 나 또한 부모님과의 영원한 이별을 감내할 수밖에 없었다. 장례식은 망자와 유족이 이승과 저승으로 갈리는 대사(大事)의 무게와 관계없이 속성으로 진행되었다. 사흘 동안 다시는 보고 만질 수 없는 부재의 시간과 맞닥뜨릴 준비를 할 수는 없었다. 통상 장례식 장소를 정하고 부고를 전파한 다음 조문객을 받고 입관식과 안장 의식을 마치면, 유족들이 모여 부의금을 정리하는 수순으로 진행된다. 우리집의 사정도 크게 다르지 않았다. 이제 남은 일은 유품 정리였다.

흔히 "떠난 사람은 떠난 사람이고 산 사람은 살아야 한다"고들 한다. "상주가 너무 슬퍼하면 고인이 편히 떠날 수 없으니 울음도 삼키라"고 주문했다. "죽은 사람의 물건은 빨리빨리 정리하는 것이 좋다"는 말도 들었다. 8년 전, 우리집에서도 먼저 가신 엄마를 선산에 모시고 온 날부터 유품 정리에 돌입했다. 방과 거실, 부엌, 마당…… 내 시선이 닿는 곳마다 영화의 플래시백 화면처럼 엄마가 나타났다 사라지기를 반복했다. 부엌의 엄마, 거실의 엄마, 마당의 엄마가 분할 화면을 채우기도 했다. 그럼에도 뭔가에 떠밀리듯 엄마의 물건들을 죄다 꺼내 남길 것과 버릴 것으로 분류하고 정리했다. 그리고 나와 형제들은 커다란 집에 홀로 남은 아버지를 뒤로 한 채 각자의 도시로 귀환했다. 그렇게 진행한 유품 정리가 두고두고 마음에 걸렸다.

작년 봄, 아버지마저 운명하셨다. 이번엔 서두르지 않았다. 몇 차례 고향을 오가며 차근차근 정리하기로 맘먹었다. 50년 이상 이어진 우리 가족사의 현장답게 본채와 행랑채로 이루어진 두 동의 건물 안팎에는 세월만큼 많은 것들이 쌓여 있었다. 안방 서랍 속에서 처음 보는 자료들이 발견되어 놀랍기도 했다. 아버지가 60여 년 전에 작성한 혼서부터 졸업장·학생증·임명장·표창장 등 다양한 문건을 보관해 왔음을 알게 되었다. 그 사이 남겨 두었던 엄마의 옷가지와 물품도 재분류해 정리하였다. 그러나 '기억'이라는 이름의 유품 정리는 여전히 미완의 과제로 남아 있다.

20세기 후반 이후 한 집에서 대를 이어 사는 대가족 형태가 점차 해체되고 자손들이 독립된 세대로 분가하는 현상이 가속화되었다. 지방의 경우 고향을 떠나 타지, 특히 수도권으로 이주한 자손들이 늘어나면서 자연스럽게 상장례 풍속의 변화도 수반된 듯하다. 자식들은 양친의 장례식이 끝나면 각자 생업에 복귀하기 바쁘고 고향집은 방치되거나 처분된다. 살풍경한 유품 정리의 세태도 그러한 시대 변화와 무관하지 않다.

둘러보건대 장례를 마치자마자 대용량 종량제 봉투를 이용해 속전속결로 해치우는 유품 정리 방식이 당연시되어 가고 있다. 거기에는 예전에 비해 풍족해진 생활 여건과 죽은 사람의 물건을 기피하는 심리도 작용하는 것으로 보인다. 그렇지만 값비싼 패물을 종량제 봉투에 넣지는 않는다. 서글프지만 유품을 대하는 우리 시대의 민낯이다.

누구든 지위와 명성, 재산의 유무를 떠나서 생과 사는 오롯이 존중받아야 마땅하다. 망자의 생 앞에 경의를 표하고 유품에 대한 예의를 갖출 때, 비로소 떠난 이와 남은 이 모두의 인간다움이 온존하지 않을까. 유형의 물건이든 무형의 기억이든 유품은 주어진 생을 온몸으로 살아낸 이들의 분신이기 때문이다. 그 시절 수많은 '영자 씨'가 그랬듯이 엄마도 희로애락의 그래프가 교차하는 생을 살다 가셨다. 이 책은 그런 엄마의 체취가 밴 물건과 묵은 기억에 관한 이야기다.

제1장

헤어질 시간

❶

하직이야

하직이로구나

님은 죽어서 극락세계로 가고 나두야 따러가며 나무아미타불
아리아리랑 쓰리쓰리랑 아라리가 났네 아리랑
음음음 아라리가 났네

아버지 장례식의 노제 굿판에서 내가 부른 〈진도아리랑〉의 한 대목이다. 먼저 가신 엄마의 길을 뒤따라가는 아버지 영전에 바치는 노래였다.

작년 3월 10일, 새벽 6시에 광주 장례식장에서 발인한 후 해남에서 아버지 주검을 화장했다. 한 줌의 재가 된 아버지를 모시고 진도 고향집으로 향했다. 미리 집 앞에서 대기하고 있던 소리꾼들의 구슬픈 '상엿소리(만가)'가 시작되자 우리 형제들은 외손자 도형이가 든 영정을 앞세우고 집안 구석구석을 둘러보았다. 운구용 리

2016년 엄마 장례식 때 창포리 선산으로 향하는 운구 행렬

진도군 임회면의 꽃상여 행렬(이형권 사진, 1983년)

무진에 설치한 확성기의 상엿소리를 듣고 동네 사람들이 하나둘 신작로로 나왔다. 운구차 뒤로 가족과 친지들이 탄 장의버스, 그리고 지인들의 승용차까지 긴 행렬을 이루었다. 아버지가 군청에서, 향교에서 일하며 수십 년 동안 오갔던 읍내 중심부를 통과하는 것으로 동선을 정했다. 아버지가 마지막으로 눈에 담고 싶어 할 것 같아서다. 상엿소리가 울려 퍼지자 네거리 상점에서 사람들이 나오고 행인들도 가던 길을 잠시 멈추었다.

읍내를 빠져나온 행렬이 왕무덤재를 넘어 본가가 있는 의신면 창포리 노제 장소에 도착하기까지 20분 남짓 걸렸다. 친척들과 주민들, 아버지 지인들이 벌써부터 와서 기다리고 있었다. 팽나무 아래 병풍을 치고 제상(祭床)을 본 후 노제 의식을 진행하였다. 미리 준비해온 음식으로 백여 명의 참석자들이 점심식사를 하며 굿을 구경했다.

상엿소리와 노제 굿을 위해 전라남도 무형문화재 제40호 조도닻배노래 예능보유자이자 〈엿타령〉으로 잘 알려진 조오환 선생을 초빙했다. 조 선생과 함께 한 악사 겸 소리꾼들은 꽹과리·징·장구·북을 연주하며 1시간가량 춤과 노래로 망자를 달래고 유족을 위로하는 굿판을 벌였다. 아버지와 친분이 있는 조 선생의 〈엿타령〉을 비롯해 〈육자배기〉, 〈진도아리랑〉, 그리고 '진도북춤' 등 공연이 이어졌다. 그중 〈진도아리랑〉의 매기는 소리 한 대목을 내가 했던 것이다.

노제를 마친 운구행렬은 아버지가 나고 자란 창포마을을 한 바퀴 순회하였다. 이어서 10여 분 거리의 신정리에 최근 조성한 문중의 납골묘지에 도착해 유골함을 안치하고 제사를 올렸다. 한없이 맑고 따사로웠던 날, 아버지는 여든여덟 해 동안 짊어졌던 모든 짐을 내려놓고 영면에 들었다.

진도에서는 나처럼 유족이 상장례 놀이에 끼어드는 일이 자연스럽다. 민속학계에서 '축제식'이라고 형용하는 독특한 상장례 풍속이 전승되고 있기 때문이다. 진도에서는 일단 초상이 나면 상가 마당에 제청(祭廳)을 꾸미고 차일을 친다. 이어서 장례 기간 내내 상주와 문상객들이 술과 음식을 나누며 갖가지 놀이와 굿을 행한다. 이는 마을마다 조직된 상두계와 호상계 계원들이 주도하는 공동체 문화로 뿌리내렸다. 삼일장의 첫날밤에는 유족을 위로하는 '다시래기'를, 둘째 날 밤에는 날이 새도록 '씻김굿'을 한다. 마지막 출상 날은 '상엿소리'와 '호상놀이'가 펼쳐진다. 그와 같은 상장례 풍속에는 춤과 노래, 연주 실력을 갖춘 예인들이 동원되고 상주와 조문객도 능동적으로 굿판에 참여한다. 이처럼 지극한 슬픔의 정조와 웃고 떠드는 해학이 버무려진 진도만의 상장례 풍속은 지역색이 강한 민속유산이라 할 수 있다. 하지만 2000년대 이후 생활문화 전반이 급변하면서 진도 고유의 상장례 풍속도 설 자리를 잃어가고 있다.

예전에는 마을마다 상여를 보관하는 '상엿집'이 있었다. 창포리 주민들도 야산 밑 초막 안에 상여와 도구들을 넣어뒀다가 마을에 초상이 나면 재사용했다. 어린 시절 상엿집 앞을 지나갈 때면 왠지 으스스한 기분이 들어 걸음이 빨라지곤 했다. 밤에는 주변에 도깨비불이 왔다 갔다 한다느니 귀신 울음소리가 들린다느니 떠도는 얘기가 많아서 더 무서웠다. 20여 년 전에 그 상엿집을 통째로 불태워 없애버렸다고 한다. 보관해 온 상여가 낡고 무거운데다 더 이상 상여를 찾는 이가 없었기 때문이란다.

엄마와 아버지 두 분 다 꽃상여를 태워드리지 못했다. 상가가 고향집이 아니라 장남의 생활권인 도시의 장례식장이어서 밤새도록 다시래기나 씻김굿을 벌일 마당이 없었다. 또한 꽃상여를 마련한다 해도 상여를 맬 상두꾼을 구하기 어려운 실정이었다. 현재 창포리에는 고작 43세대 62명의 주민이 거주하고 있다. 엄마 장례식 때와 비교해 보면, 그 사이 주민 수는 더 줄었고 평균 연령은 더 높아졌다.

엄마의 장례 때도 같은 장소인 팽나무 아래서 노제를 지냈다. 당시에는 '진도강강술래' 예능보유자인 박종숙 선생과 악사들이 상엿소리를 했다. 그리고 본가 뒤편의 선산에 전통 방식으로 시신을 매장하고 봉분을 조성했다. 그런데 노제 장소로부터 리무진이 통과하기 힘든 좁은 농로를 따라 산 중턱의 장지까지 이동해야 했다. 과거 집안 어른들의 상여 행렬이 거뜬히 올라갔던 길이다. 하는 수 없이 상여 대신 소형 트럭을 이용해 운구하기로 했다. 마음이 불편했지만 다른 도리가 없었다.

그때는 창포리에 거주하는 큰엄마들과 마을 여성들이 '호상'을 하겠노라고 자청하고 나섰다. 진도에서만 볼 수 있는 출상 풍속인 호상은 20세기 들어와 생겨난 것으로 알려져 있다. 원래는 상여 앞쪽에 두 줄의 무명 '질베(길베)'를 묶고 소복 차림의 여성들이 양쪽에서 질베를 잡고 전체 행렬을 이끈다. 우리는 아쉬운 대로 트럭

앞머리에 질베를 고정시켰다. 몇몇 분이 지팡이까지 짚고 호상하는 장면은 눈물겨웠다. 엄마가 생전에 쌓은 공덕의 힘이었다. 그렇게 꾸려진 운구 행렬이 논밭 사이 샛길을 메웠고 가슴에 사무치는 상엿소리의 '하적(하직)' 대목이 들로 산으로 하늘로 퍼져나갔다.

하적이야 하적이로구나 새왕산 가시자고 하적이로구나
인제 가면 언제 와요 오실 날짜를 알려주오
동방화계춘풍시에 꽃이 피거든 오실라요
하적이야 하적이로구나 새왕산 가시자고 하적이로구나
금강산 모란봉이 평지 되면 오실라요
바다가 육지 되야 고물고물 꽃피거든 그 꽃구경을 오실라요
하적이야 하적이로구나 새왕산 가시자고 하적이로구나

2

그녀의 이름은

영자

그녀의 성은 허씨(許氏), 이름은 영자(英子), 본관은 양천이다. 음력으로 1940년 7월 1일, 전라남도 진도군 의신면 초사리 초상마을에서 부친 허저와 모친 한부접 사이의 4남 2녀 중 막내딸로 태어났다. 1953년 3월 의동국민학교를 졸업했다. 1963년 2월에 의신면 창포리에서 나고 자란 밀양 박씨 박종화(朴鍾華)와 혼인했다. 평소 성품이 너그럽고 정이 많았다. 음식 솜씨가 좋고 노래와 글쓰기를 즐겼다. 슬하에 2남 3녀(정애·향미·승수·유정·영현)를 두었고 자식들에 대한 사랑이 극진했다. 2016년 2월에 림프암 진단을 받았고 7월 29일(양력 8월 31일) 세상을 떠났다. 말년에 쓴 일기를 비롯해 편지, 메모 등 각종 생활기록을 남겼다.

『한국역대서화가사전』의 필자로 참여한 경험을 살려 엄마의 생애를 정리해 보니 10행이 채 안 된다. 일제강점기에 태어난 엄마 이름은 ‘영자’, 이름 그 자체에 그녀가 살았던 시대의 명암이 투영되어 있다. ‘자(子)’자 돌림의 일본식 이름이니 여섯 살 때 해방을 맞지 못했다면 평생 에이코 또는 히데코라고 불렸을 것이다. 20세기 후반까지도 여자아이가 태어나면 영자·순자·춘자·정자·명자 같은 이름을 지어주는 일이 허다했다. 이들 이름은 널리 알려진 영화 속 주인공의 이름이기도 하다.

1975년에 개봉한 영화 〈영자의 전성시대〉의 여주인공 이름이 다름 아닌 ‘영자’이다. 김호선 감독은 산업화 물결에 휩쓸린 영자의 기구한 삶을 스크린에 담았다. 같은 해 개봉한 하길종 감독의 〈바보들의 행진〉도 주인공이 영자이며 서구문화에 노출된 청년 세대의 방황과 낭만을 그린 작품이다. 이들 영화는 두 감독이 당대를 관통하는 화두를 명민하게 붙든 작품이라는 평가를 받는다. ‘영자’는 그 시절에 주변에서 흔히 만날 수 있는 평범한 여성의 대명사나 진배없었던 것이다. 엄마도 세상의 모든 영자 씨들처럼 신산한 세월, 고락의 바다를 횡단한 ‘영자 씨’였다.

❸

동외리

694번지

사람의 기억이 몇 살 때까지 소급될 수 있을까. 세계에서 가장 오랜 기간이 담긴 일기로 알려진 『경산일록(徑山日錄)』은 19세기의 문인관료인 정원용(鄭元容, 1783~1873)이 쓴 총 90년 분량의 일기이다. 그는 과거에 급제한 1802년부터 사망할 때까지 71년 동안 날마다 일기를 썼고, 그 이전 약 20년 분량은 기억을 더듬어 복원했다고 한다. 내가 연구 자료로 『경산일록』을 처음 접했을 때, 우선 그 분량에 기함했고 정원용의 신묘한 기억력에 한 번 더 감탄했다.

그에 비할 바는 아니지만 내게도 가끔씩 되살아나는 기억의 편린이 있다. "한 여자아이가 감나무 아래 붙박인 듯 서서 저만치 마당 끝에 있는 집채를 바라보고 있다. 감나무 옆에는 높은 굴뚝이 있고, 굴뚝 옆에 또 다른 가옥 한 채가 있다." 내가 우리집에 처음 발을 들여놓은 날이다. 아웃포커스로 촬영한 듯한 장면이 나타

고향집 뒤편 읍성 성벽에서 내려다본 동외리와 읍내 전경(김성철 사진, 2024년)

났다가 곧바로 페이드아웃되는 그날은 1971년 봄, 나는 여섯 살(만 4세)이었다.

의신면 창포리에서 신혼생활을 시작한 엄마는 1966년 초겨울 며칠 동안 이어진 산통 끝에 나를 낳았다. 뒤이어 아버지 직장이 있는 읍내로 나왔고 몇 년간 용두리에서 셋방살이를 했다. 마치 옛 도요지에 흩어져 있는 도편(陶片)처럼 세 들어 살았던 집과 동네의 기억이 내 머릿속을 떠다닌다. 그리고 여섯 살짜리 여자아이가 감나무 밑에 서 있던 봄날, 동외리 694번지에서 비로소 '우리집'의 서

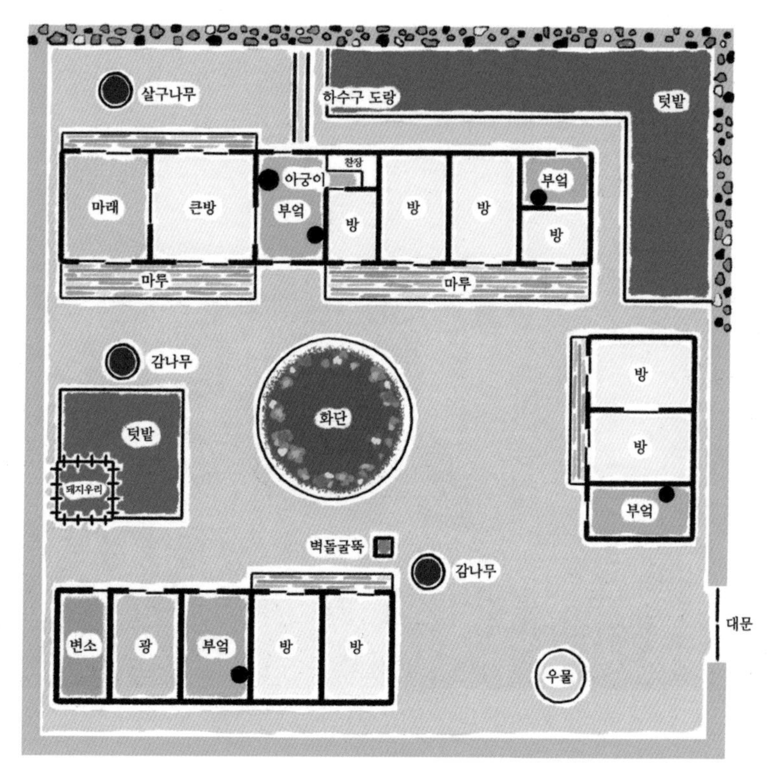

박준형 작가가 재현한 고향의 옛집 일러스트

사가 시작되었다.

마을 중앙의 신작로 변에 자리한 우리집은 본채와 행랑채 사이에 넓은 마당이 있었다. 본채는 기와를 얹은 흙벽의 일자형 한옥이었다. 마당에서 보면 맨 왼쪽부터 마래·큰방(안방)·정재(부엌)·작은방, 그리고 또 다른 2개의 작은방이 연결된 구조였다. 모든 방 앞에는 반침(마루)이 있었고 마래와 큰방 뒤에도 폭이 좁은 반침이 붙어 있었다.

큰방과 붙어 있는 마래 바닥에는 널빤지가 깔려 있고 난방이 되지 않았다. '마래'는 주로 서남해안 도서지방 가옥에서 발견되는 공간으로 곡물을 보관하거나 제사 장소로 쓰였다. 우리집에서도 마래에 장롱과 서랍장, 재봉틀 같은 가구와 살림살이를 보관했고 방이 아닌 마래에서 명절 차례와 제사를 지냈다. 미닫이문으로 연결된 큰방에는 별다른 가구 없이 아랫목 벽에 옷을 걸 수 있는 못들이 박혀 있었다. 옷 위에는 횃댓보라고 하는 커다란 보자기가 덮여 있었다. 하얀 횃댓보에 알록달록한 색실로 수놓은 꽃무늬가 예뻤다. 한겨울 아랫목에는 구들장의 열이 식지 않도록 항상 이불이 깔려 있었다. 어떤 날은 뜨끈뜨끈한 아랫목 이불 속에 담요에 싼 스테인리스 반합이 들어 있었다. 그것은 아직 퇴근하지 않은 아버지의 저녁밥이었다. 그리 넓지 않은 '큰방'이 온 식구가 먹고 자고 쉬는 다용도 생활공간이었다.

큰방에는 부엌 아궁이 옆으로 뚫린 작은 문이 있었다. 마당과 뒤안(뒤꼍)으로 앞뒤에 문이 달린 부엌 바닥은 조개껍데기를 깔고 흙을 다져 울퉁불퉁했다. 미끄럼 사고를 예방하기 위한 친환경 바닥 처리였던 것 같다. 우리 가족은 마래와 큰방, 부엌과 작은방만 사용했고, 나머지 작은방 두 개는 세를 놓았다. 나중에 중앙의 부엌에 붙어 있는 작은방에 친할머니가 기거했다.

대문 앞에는 둥근 벽체의 우물이 있었고 그 옆 행랑채는 흙벽을 쌓고 기와를 덮은 일자형 가옥이었다. 내 기억 속 굴뚝은 바로 행랑채 아궁이의 연기 구멍이었다. 본채에서 바라보면, 왼쪽부터 작은방, 큰방, 부엌, 광(창고), 변소가 연결된 구조였다. 창고를 제외한 방과 부엌은 사글셋방으로 내놓았다. 몇 년 뒤 마당 한쪽에 시멘트블록을 쌓아 만든 상하 방 2개와 부엌, 슬레이트 지붕의 건물 한 채를 더 지어 임대했다.

이렇게 세 동의 가옥이 'ㄷ'자 형태로 자리한 우리집은 인기 드라마 〈한 지붕 세 가족〉처럼 '한 마당 네 가족'이 모여 사는 다세대 주택이었다. 세를 든 사람들은 대개는 수년씩 머물러 살아서 친척보다 더 가깝게 지내기도 했다. 정이 많은 엄마에겐 여러 명의 의자매가 생겼고 내겐 이모들이 점점 늘어났다. 많을 때는 우물과 변소를 공유하는 사람 수가 20여 명이나 되었다. 엄마는 한동안 변소 앞에 축사를 지어 돼지를 키웠고 진돗개도 길러서 집 안팎에 사람들과 가축들이 북적였다. 그런 우리집이 특별한 것은 아니었다. 그 시절에는 주변에서 흔히 볼 수 있는 풍속도였다.

각종 푸성귀를 심었던 뒤안에는 우람한 둥치의 살구나무가 있었다. 그런데 1970년대 '잘 살아보세'라는 기치를 내걸고 농어촌을 휩쓴 새마을운동이 그 살구나무를 앗아갔다. 좁은 뒷골목을 넓히기 위해 뒷담을 안쪽으로 당겨 쌓으면서 살구나무를 베어낸 것이다. 내 기억 속 새마을운동은 여름날 새콤달콤한 육질을 맛보게 해준 살구나무와 한 묶음이다. 매년 늦가을에는 뒤안에 땔감을 쌓아올린 거대한 나뭇더미가 만들어졌다. 나는 지붕 높이까지 땔나무를 쌓아올리는 광경에서 눈을 떼지 못했다. 나중에 연탄아궁이로 개조할 때까지 나뭇더미는 해마다 생겼다 사라지기를 반복했다.

언젠가부터 비가 오면 마래 천장에서 물이 뚝뚝 떨어져 양푼을 몇 개씩 받쳐놓아야 했다. 그때마다 아버지는 지붕 위로 올라가 기왓장을 들추고 누수 지점을 찾아 땜빵을 하곤 했다. 겨울에는 창호지를 바른 문틈으로 스며드는 웃풍이 셌다. 더욱이 큰방은 앞뒤에 문이 있어서 나와 형제들은 엄마가 이부자리를 펴면 가운데 자리를 차지하려고 서둘러 이불 속으로 파고들었다. 눈이 많이 내린 날, 아침에 방문을 열면 마당뿐 아니라 마루에도 흰 눈이 덮여 있었다. 바람에 들이친 눈은 격자형 문살 사이사이에도 소복이 얹혀 있었다.

결국 서울올림픽이 열리던 해, 본채는 헐고 슬래브 지붕의 새 집을 지었다. 입식 부엌과 석유 보일러, 수세식 화장실, 이중 유리창으로 무장한 단층 양옥이었다. 이전에 우리 동네에 신식 양옥집이 처음 생겼을 때는 친구들과 몰려가 구경을 했다. 그 집 대문 양쪽에 세운 콘크리트 기둥에 부조로 장식한 새 모양이 얼마나 멋져 보였는지 모른다. 드디어 우리집도 양옥의 대열에 합류한 것이다. 그리고 이전에 추가로 지어 세를 놓았던 블록 집은 엄마가 떠나신 후 허물고 마당을 넓혀 주차공간으로 사용했다.

하지만 나의 추억 창고는 새집이 아니라 헌집이다. 흙벽의 헌집이 마냥 그리운 건 동심으로 충만했던 시절이기 때문인 것 같다. 아니 그보다 더 큰 이유는 내가 한창 젊은 엄마 품 안에 있던 시절이기 때문이리라.

❹

다시 만나자

엄마

"엄마! 나 왔어. 정애 왔어."

"응……. 내 딸 왔구나."

광주송정역에 도착해 택시를 타고 병원으로 이동했다. 내가 천주의성요한병원 호스피스 병동에 도착한 시각은 오전 9시 30분 경이었다. 산소 호흡용 콧줄을 낀 엄마가 침대에 누워 계셨다. 침대에 다가가 "엄마! 나 왔어. 정애 왔어"라고 했더니 엄마가 곧바로 "응……. 내 딸 왔구나"라고 대답했다. 이어서 엄마가 "올라믄 심든데 서둘렀겄네"라고 했던 것 같다. 엄마 목소리가 작기도 했지만 그 대화가 마지막인 줄을 그때는 몰랐다. 엄마 말은 평소에 늘 그랬듯이 '내려오느라 고생했다'는 의미였는데, 정확한 워딩은 기억하지 못한다.

밤늦게 전주에서 달려와 엄마 곁을 지켰던 남동생이 엄마가 계속 "느그 누나 언제 오냐. 정애 언제 오냐" 하고 물었다고 했다. 그 시각 이후 엄마와 더 이상의 언어적 소통은 없었다. 엄마가 살아생전 마지막으로 한 말이 "내 딸 왔구나"였던 것이다. 약 6시간 후에 엄마는 가족들이 지켜보는 가운데 눈을 감으셨다. 옆에서 아버지가 "이라고(이렇게) 가부는가"라며 흐느끼는 소리가 들렸다. 2016년 8월 31일 수요일 오후였다.

전날은 내가 출강하고 있던 한국예술종합학교 2학기 개강 날이었다. 엄마는 그로부터 2개월 전쯤 둘째인 여동생과 함께 파주에 계시다 광주로 이사했다. 여동생이 정성껏 간병한 덕분에 몇 개월간 통원치료를 하며 비교적 안정적으로 지내셨다. 실은 항암치료를 1차만 하고 접은 이후 온갖 진통제 처방으로 증상을 관리한 시간이었다. 그렇게 버티던 엄마가 8월 중순으로 접어들면서 눈에 띄게 기력이 떨어지고 입맛도 없어 했다. 의사 옆에 있으면 좀 나아질 거라는 기대 속에 며칠 입원하기로 결정했다.

그날 오후 입원 수속을 했다. 나는 수업을 마치고 돌아와서 "엄마! 며칠만 입원하면 좋아질 거야. 주말에 갈게" 하고 전화로 안심시켰다. 그게 저녁 8시 무렵이었다. 그리고 밤 11시가 조금 지나 동생으로부터 엄마가 위독하다는 연락이 왔다. 도무지 믿기지 않는 상황 변화에 허둥지둥하며 날이 새기만을 기다렸다. 자정이 지나면서 비가 내리기 시작했다. 몸이 오슬오슬하고 뭔지 모르게 불안이 엄습했다. 예감이 좋지 않았다. 짐을 싸는 둥 마는 둥하고 첫차 시간에 맞춰 역으로 향했다. 내 마음과 달리 남쪽으로 달리는 고속열차의 속력은 너무 느렸다. '그냥 밤에 택시로 내려갈 걸' 하는 후회가 밀려왔다. 몇십 년처럼 느낀 시간이 지난 후 엄마와 대면할 수 있었다. "엄마! 나 왔어. 정애 왔어."

장례식에 온 지인들이 엄마가 통증에 노출된 마지막 시간이 짧아서 다행이라고 했다. 맞는 말인 것 같았다. 아니 맞는 말이었다. 그렇지만 나는 준비가 되어 있지 않았다. 일부러 마음의 준비를 하지 않았다는 게 더 솔직한 표현일 것이다. 엄마가 시한부 선고를 받은 이후 나는 줄곧 엄마와 이별하는 순간이 다가오고 있다는 사실을 부정했다. 마치 내가 아니라고 하면 그런 일이 벌어지지 않을 것처럼. 나는 임종의 순간이 다가옴에도 마음속으로 엄마가 최소한 며칠은 더 버틸 거라고 우격다짐하고 있었다. 나는 내 생각만 했다. 하지만 엄마는 마지막까지 자신이 아니라 나를 걱정했던 것 같다. 엄마가 떠난 후 자책할 게 뻔한 나를 위해 한 마디라도 나누고 가신 게다.

염습을 마치고 입관하기 직전에 마주한 엄마 얼굴은 평온하게 잠든 모습이었다. 하지만 허리를 숙여 내 볼을 갖다 댄 엄마 얼굴은 얼음장처럼 차가웠다. "엄마! 내 엄마 해줘서 고마워. 나중에 꼭 다시 만나자." 나는 엄마에게 작별 인사를 건넸다.

5

사진이 전하는 말

장롱 한쪽 문이 열려 있다. 닫힌 문에는 검은색 옻칠 바탕에 소나무와 학, 꽃 모양 자개가 장식되어 있다. 장 속 맨 아랫단에 노란색 솜이불이 놓였다. 그 위에는 빨강·노랑·초록으로 꾸민 베개가 있고, 그 옆에 짙은 분홍색 겉감의 이불 하나가 포개져 있다. 원앙금침은 아니지만 화사한 침구들이다.

장롱 속 이불을 배경으로 앉아 있는 엄마. 살짝 어깨를 움츠린 채 두 손을 모으고 몸을 약간 돌려 앞을 보는 엄마의 입가에 희미한 미소가 걸려 있다. 화장기 없는 얼굴의 이마와 뺨, 턱을 스치는 빛살이 손에 잡힐 듯하다. 수줍음과 어색함이 버무려진 표정이다. 빗어 넘긴 파마머리와 이마 가장자리의 몇 가닥 흰 머리카락도 보인다. 옷깃 중앙에 단추가 달린 남색 스웨터의 소매 끝이 접혀 있다. 색이 바란 스웨터에는 큼지막한 보푸라기들이 매달려 있다. 옷

주름의 굴곡을 따라 빛과 그늘이 교차한다. 구형 폴더 폰 속 사진 보관함에서 발견한 한 장의 사진. 처음 보는 엄마 사진이다.

흰색 전화기 뒷면의 브랜드 로고가 절반은 닳아 없어졌다. 얼마나 오래, 몇 번이나 엄마의 손길이 닿은 것일까. 외출할 때 목에 걸었던 진분홍색 휴대폰 줄은 어디서 난 것일까. 누가 이 작은 구멍에 줄을 끼워주었나. 전화기를 접거나 펼 때마다 '띠리리' 하는 효과음이 들린다. 매 시각 정시에는 "○시입니다"라고 친절한 안내 멘트가 나온다.

오랜만에 전화기를 충전했다. 충전기까지 챙겨놓길 잘했다. 전화기를 켜니 신호음과 함께 화면이 열리고 아기 연서 사진이 화면을 채운다. 곧바로 중앙에 네모 칸이 생기고 "가입자 인증에 실패하였습니다. 고객센터(1599-****)에 문의해주세요"라는 메시지가 뜬다. 사실 전화벨이 울리지 않은 지 오래되었다. 마지막 수신 메시지에 전화를 해지한 날짜가 찍혀 있다. 엄마가 떠나시고 한 달쯤 지난 때이다.

장례식을 마친 후 나는 날마다 전화기를 충전했다. 첫 번째 기일이 돌아올 때까지 전화기가 꺼질까 봐 노심초사하며 충전을 멈추지 않았다. 하지만 사진보관함은 열어보지 않았다. 하마터면 이 사진을 못 볼 뻔했다. 사진 하단의 '저장날짜 2014/02/12 15:57'라는 글씨가 선명하다. 2014년 2월 12일 오후 3시 57분에 찍은 사진이다. 그런데 그날 엄마는 왜 평상복 차림으로 이 사진을 찍었을까? 누가 찍어준 것일까?

2월 12일, 그 무렵이면 설이 다가오고 있었을 것 같다. 컴퓨터를 켜고 녹색 창에서 검색해 보니 2014년 설날은 1월 31일이었다.

2014년에 찍은 휴대폰 속 엄마 사진(김성철 사진)

엄마가 생전에 사용한 휴대폰(김성철 사진)

설 쇠고 열이틀이 지난 그날 오후, 안방 동창으로 비껴든 햇살이 엄마의 얼굴을 비춘다. 날씨는 또 어땠을까? 검색 결과 그날 남녘은 봄날처럼 따뜻했다고 한다. 한쪽 문이 열린 장롱과 침구, 그리고 엄마의 모습을 바라보고 있노라니 퍼뜩 머리를 스치는 게 있다. '아아 명절 쇠러 온 자식들을 위해 꺼냈던 이불을 햇볕에 말려 장롱 안에 넣은 날이었나 보다.' 늘 그랬듯이 명절이라고 모인 자식들은 하루 이틀 만에 가버리고, 엄마는 남은 명절 음식과 각종 조리도구를 정리하느라 계속 분주했을 것이다. 그러나 여전히 왜 그날 휴대폰으로 엄마 사진을 찍었는지는 알 길이 없다.

그 무렵 나는 어디서 무엇을 했는지 되짚어 보았다. 유럽에 있었다. 10여 일 일정으로 나가 런던대학교 소아즈(SOAS)에서 컬로퀴엄(colloquium) 발표를 하고 베를린과 파리를 돌며 자료 조사를 했다. 출국 준비를 하느라 설을 쇠러 갈 겨를이 없었다. 언제나 그랬듯이 엄마는 "신경쓰지 말고 네 일이나 하라"고 했다. 그해 나는 1월에도, 2월에도 엄마를 만나지 못했던 것이다.

엄마가 나를 물끄러미 본다. 나도 사진 속 엄마를 본다. 손을 뻗으면 엄마의 얼굴을 감싼 햇살이 만져질 것 같다. 엄마의 보드라운 살결의 감촉과 온기가 되살아난다. 엄마의 푸근한 가슴에 안기면 달큰한 냄새를 맡을 수 있을 것 같다. 단 한 번만이라도 엄마를 보듬어 안고 만지고 함께 웃을 수 있다면 얼마나 좋을까.

그로부터 2년 후 엄마는 병상에 누웠다. 이 사진이 촬영된 2014년 2월 12일, 나의 시간과 엄마의 시간 속 풍경이 같았더라면 얼마나 좋을까.

6

전화번호부

우연히 발견한 사진을 계기로 엄마의 휴대폰을 꼼꼼히 들여다보게 되었다. 폰이 접히는 부분의 파란색 보호 필름은 떼지도 않았지만, 버튼은 누레져 있었다. 메뉴를 열어 이것저것 다 눌러보았다. 첫 화면 하단의 '전화부'를 여니 목록이 뜬다.

"강영심·광주정심·국자·기방·김광규·김광남·동성·두째딸·막둥이·며느리·면장님·민도형·박동원·사위·성용엄마·세째딸·수정·안서방·애경·애예·오심·옥단·완수엄마·윤자·은권엄마·은식엄마·이미애·이방식·이삼월·이순애·이여사·이영애·이옥선·이제준·이제혁·인정·일심·정미·정수자·정영기·정인진·정지순·조영자·차송례·채진숙·초자·큰딸·큰아들·허예숙·허춘자·허혜영·허호·허홍·현주엄마·황순애……." 가나다순으로 나타나는 전화번호는 60개가 안 되었다.

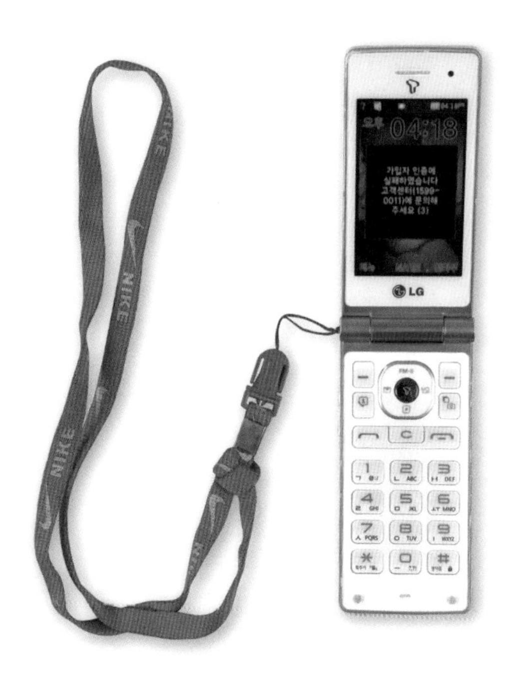

엄마 휴대폰의 첫 화면(김성철 사진)

우리 가족과 친인척까지 내가 아는 이름이 절반쯤 되었다. 아버지 전화번호는 '면장님'으로 저장되어 있었다. 나머지 30여 명은 엄마의 사회적 관계망이었던 셈인데, 어떤 인연인지 알 수 없었다. 아마 동창이거나 계원이거나 한동네 주민이거나 그럴 테지만 나는 그들을 모른다. 얼굴을 보면 아는 이도 있으리라. 어쨌든 그들은 적어도 한 번은 엄마와 통화를 했을 것이다. 아마 그들의 전화기에도 엄마의 전화번호가 저장되어 있을 것이다. 한 사람씩 전화를 걸어 '우리 엄마랑 어떤 관계인지, 어떤 추억이 있는지' 물어볼까. 그런데 겨우 30여 명이라니 '전화부'가 너무 단출 거 아닌가.

그러면 그렇지 엄마의 인간관계와 동선은 수첩에도 남아 있었다. 요즘은 거의 사용하지 않는 작은 수첩이 손가방 속에 들어 있었다. 표지는 검은색 합성피혁이고 금속제 스프링으로 묶은 60여 장의 내지에 큼지막한 글씨의 전화번호들이 빼곡히 적혀 있다. 엄마가 필요할 때마다 기입해서 사용한 펜도 다르고 글자 크기도 제각각이다. 일부는 휴대폰에 저장된 번호와 겹친다. 얼추 백여 개나 되는데, 버스터미널부터 택배 사무소, 방앗간, 미용실, 병원, 의상실, 빵집, 식당 등이다. 엄마의 인연, 엄마의 관심, 그리고 엄마의 일상을 전하는 이름과 숫자들이다. 그 이름이 환기하는 기억이 짧게 혹은 길게 나를 흔들었다.

엄마는 더 이상 누구와 통화하지 않고 방앗간에도 미용실에도 빵집에도 가지 않는다. 엄마의 시간은 멈췄지만 그 방앗간과 그 미용실과 그 빵집은 오늘도 영업 중이다.

7

노랑나비

갑자기 예쁜 나비 한 마리
어디에선가 날아와
내게 입맞춤하고 춤을 추는데
한참 동안 그저 멍하니
바라만 보고 있었을 뿐
꿈을 꾸듯 예쁜 나비의 입맞춤이었네

강산에 작사·작곡의 〈나비의 입맞춤〉 가사이다. 이 노래를 처음 들었을 때 '호접몽(胡蝶夢)'이 뇌리를 스쳤다. 『장자(莊子)』의 제물론(齊物論)에 실려 있는 호접몽은 중국 전국시대 사상가인 장주(莊周)가 나비가 된 꿈을 꾼 데서 비롯되었다. 꿈에서 깬 장자는 자신과 나비의 구별이나 꿈과 현실의 구별이 모두 무의미한 것이라는 깨달음에 이르렀다. 만물이 곧 하나라는 물아일체(物我一體)의 견지에서 보면, 삶과 죽음도 그저 만물의 변화에 불과하다는 것이다. '먹물 티'를 내느라 노래를 가슴이 아니라 머리로 들은 것일까.

〈나비의 입맞춤〉은 통기타의 단순한 멜로디에 편안한 목소리를 얹어 완성한 곡이다. 흡사 동요 같기도 한 노래가 내 호기심을 자극했다. 친분이 있는 뮤지션 강산에 선배로부터 창작 배경이 된 '산에와 밥(Bob)의 이야기'를 들을 수 있었다.

그 시기는 1990년대 후반으로 거슬러 올라간다. 산에는 외국 여행에서 돌아오는 길에 경유한 공항의 야외 카페에서 드러머인 미국인 친구 밥과 티타임을 가졌다. 대화 도중 밥에게 부모님 안부를 물었더니 "우리 엄마는 천사였어. 엄마가 산에를 만났다면 좋아했을 텐데, 돌아가셨어"라고 하며 아쉬워했다. 그때 어디선가 나비 한 마리가 날아와 산에의 입술에 앉았다. 순식간에 벌어진 일이었다. 나비가 날아가자 산에가 밥에게 "너희 엄마가 내게 인사하러 오셨나 봐"라고 했단다.

이어서 밥은 펜실베이니아에 거주하는 아버지 얘기를 해줬다. 밥은 '어린 시절에 숲이 우거진 마을에 살았는데, 그의 아버지는 자주 밥에게 큰 나무를 끌어안고 나무의 소리를 들어보라고 했다'고 추억을 들려줬다. 그때 또 어디선가 나비가 날아와 팔랑팔랑 주변을 날았다. 산에가 속으로 '설마' 하는 순간 나비가 밥의 입술에 가 앉았다. 그도 그럴 것이 두 사람의 눈이 '똥그래졌다.' 나비가 입술을 스치고 날아간 것도 아니고 입술에 앉아 있는 실제 상황이라니! 산에는 나비가 밥의 부모님처럼 느껴졌다고 한다.

엄마 산소 입구에서 조망한 창포리와 돈지 일대(김성철 사진, 2024년)

그 카페 주변은 나비가 좋아할 환경이 아니었다. 더욱이 두 사람은 당분이 없는 커피를 마시고 있었다. 나비가 날아가자 흥분한 밥이 "이건 행운이야. 내게 좋은 아이디어가 있어"라며 당시 준비 중이던 산에의 새 앨범 타이틀을 "나비의 입맞춤(A butterfly's kiss)이라고 하면 어때?"라고 제안했다. 1998년에 발표한 4집(Vol.3)의 제목은 '연어'로 결정되었지만, 강 선배는 그 경험을 기록으로 남기고 싶어 곡을 썼다고 한다. 작품의 탄생 비화를 알고 나니 노래가 애틋하게 다가왔다.

〈나비의 입맞춤〉 때문이었을까. 내게도 잊히지 않는 나비, 나비와 조우한 특별한 경험이 있다. 수년 전 늦가을, 창포리 팽나무 앞 공터에 차를 세웠다. 읍내 꽃집에서 산 자주색과 노란색 소국(小

菊) 화분들을 챙겼다. 소국은 엄마가 화단과 화분에 심고 가꿨던 꽃이다. 나는 추석에 다녀가지 못해 급한 일을 마무리하고 성묘하러 내려온 참이었다. 엄마 산소로 통하는 논발 사이 오르막길이 익숙했다. '엄마 장례 행렬이 이 길을 메웠었는데, 벌써 해가 몇 번이나 바뀌었구나.' 울컥하는 마음을 추스르며 걸음을 내딛었다.

김장용 배추와 무가 여물어가는 밭이 끝나는 지점에서 오른쪽으로 난 산길로 접어들었다. 추석을 맞아 벌초를 한 데다 수풀이 시드는 계절이라 통행로가 말끔하게 정리되어 있었다. 저만치 울창한 수림 너머 비탈에 조성한 가족 묘지가 눈에 들어왔다. 활짝 핀 억새 무더기 사이로 유리 같은 햇살이 비꼈다.

묘역으로 들어서는 순간 내 무릎 언저리 잡풀 사이에서 나비 한 마리가 팔랑거렸다. 엄지손톱만 한 노랑나비가 쉼 없이 날갯짓을 하며 내 곁을 맴돌았다. 나비는 위로 솟구쳤다 내려오기를 반복하더니 훅 날아올라 자취를 감췄다. 직감적으로 '엄마구나' 싶었다. 내 얼굴은 금세 눈물범벅이 되었다. 그리운 영자 씨가 '내 딸 온다'고 마중나왔다는 생각이 들었다.

석축 위로 올라가 봉분 앞에 화분에서 꺼낸 소국을 심고 술 한 잔을 올렸다.

"나 왔어 엄마! 잘 있지? 많이많이 사랑해! 알지? 엄마!"

혹여 엄마가 못 들을까 봐 큰 소리로 같은 말을 반복했다. 천천히 잡초를 뽑으며 봉분 주위를 돌았다.

엄마를 산에 모신 뒤부터 나는 무덤이 무섭지 않다. 이따금 또래 친구들과 산으로 들로 쏘다니던 어린 시절엔 무덤 옆에 가면 공연히 무서웠었다. 1970~80년대 인기리에 방영된 드라마 〈전설의 고향〉에 자주 무덤이 등장한 탓인지. 그 때문에 다 잡은 꿩을 놓친 일이 있었다.

한창 추운 겨울날, 나는 콧물을 훌쩍이며 아이들과 몰려다니다 어느 무덤가에서 죽은 꿩을 발견했다. 고기가 귀했던 때라 어른들은 불린 콩에 '싸이나(청산가리)'를 집어넣은 후 양초를 녹여 구멍을 막고 꿩이 서식하는 야산에 뿌려놓았다. 당시 청산가리는 대장간에서 쇠를 녹이는 연화제로 사용해 구하기 어렵지 않았다고 한다. 잔설을 헤치며 먹이를 찾던 꿩은 미끼인 줄도 모르고 콩을 삼켰고 입속에서 양초가 녹으면서 독이 퍼져 죽고 말았다. 당시 내가 "야! 저기 꿩 있다" 하고 소리치며 주춤거리는 사이 날쌘 친구가 달려가 꿩을 집어 들었다. 그날 저녁 그 친구네 밥상은 꿩 요리 덕분에 평소보다 묵직했으리라.

이제 나는 무덤이 하나도 무섭지 않다. 그곳 숲속은 온갖 새들이 노래하고 철따라 꽃이 피고지는 엄마의 안식처이니까. 이윽고 "엄마! 편히 쉬고 계셔! 사랑해! 또 올게!" 하고 손을 흔들며 뒤돌아 나오는데, 내 앞에 아까 본 노랑나비가 다시 나타났다. 이번에는 배웅하려는 것처럼 나를 따라 비탈길을 유영하다가 사라졌다. 나비가 출몰한 묘지 초입에 눈에 띄는 꽃은 없었다. 숲을 나와 팽나무 아래 공터까지 내려오는 동안 다른 나비는 찾아볼 수 없었다. 오로지 노랑나비 한 마리, 바로 '엄마'뿐이었다.

8

조도 친구,

정자 이모

다시 음력 7월 28일, 여섯 번째 기제사. 엄마가 떠나신 지 6년이 지났다는 게 믿기지 않았지만 무심한 세월은 저대로 가고 또 갔다. 고속열차의 차창 밖을 바라보며 상념에 잠겨 있는데, 곧 광주송정역에 도착한다는 안내방송이 흘러 나왔다.

아버지도 제사를 지내기 위해 진도에서 광주로 올라오셨다. 남동생 집 현관을 들어서며 내게 기다란 모양의 보따리 하나를 내밀었다. 풀어보니 비닐로 꽁꽁 싸맨 미역이었다. 조도에 사는 엄마 친구가 제수로 쓰라고 보냈다고 했다. '진도곽'으로 불리는 자연산 돌미역이었다. 수심이 깊고 물살이 빨라 청정해역으로 꼽히는 조도면 일대 바위에 붙어 자라는 미역이어서 채취하기 어렵다고 알고 있다. 그만큼 미역의 생명력이 강해서인지 영양소가 풍부한 최상급 미역으로 알려져 있다. 엄마가 '조도 친구'에게 미역을 구입했다는 얘기는 들었지만 나는 한 번도 만난 적이 없는 분이었다.

쇠고기뭇국 대신에 물에 불린 돌미역을 푹 끓여 제사상에 올렸다. 해마다 밥과 국을 비롯해 생선·나물·계절 과일·포·떡·전·대추·밤 그리고 엄마가 평소 좋아했던 반찬이나 간식 등으로 상을 채웠다. 여느 때와 같이 아버지의 지휘에 따라 병풍 앞에 펼친 제사상 중앙에 엄마 영정을 모시고, 음식을 차린 다음 촛불을 켜고 향을 피우고 술을 따르고 축문을 읽고 절을 올리는 제사의식을 진행하였다.

엄마는 돌아가신 다음에야 이런 밥상을 받아보신다. 엄마는 평생 다른 사람을 위해 온갖 음식을 만들고 상을 차리는 일을 반복했다. 거기엔 할머니 제사상도 포함된다. 비로소 다른 사람이 엄마를 위해 차린 성찬이 제사상인 것 같아 매번 마음이 쓰라렸다.

미역을 보낸 분은 엄마의 친구인 정자 이모였다. '조도'는 해상에 150여 개의 섬이 새떼처럼 널려 있어서 붙여진 이름이라고 한다. 제사를 지내고 상경한 후 감사 인사도 드릴 겸 전화를 넣었더니 반가워하셨다. '우리 엄마랑 어떻게 친구가 되었느냐'고 여쭤보자니 민망했다. 비로소 두 분은 동갑이고 수십 년간 한 달에 한 번씩 만난 갑계원이라는 사실을 알게 되었다. 이후 몇 차례 이모와 통화하면서 내가 모르는 엄마 얘기도 들었다.

이모가 늘상 하는 말이 "느그 엄마는 천사였어야. 진도를 다 뒤져도 느그 엄마 같은 사람은 없어야"였다. 엄마는 마음씨 좋고 누구에게나 뭐든지 나눠주고 싶어 했던 사람이라고 했다. 주머니 사정이 넉넉지 않아도 미역은 최상품만 샀다며, 이번에 보낸 미역이 엄마가 좋아했던 미역이라는 말씀도 잊지 않았다. 친구가 세상을 떠난 지 몇 년이 흘렀지만 잊히지 않아서 아버지를 통해 미역을 보냈노라고 하셨다.

이모는 또 "느그 엄마는 멋쟁이고 팔방미인이었어야"라고 하셨다. 노래도 잘하고 얘기도 재밌게 해서 친구들 사이에 인기가 많았다고. 가끔 갑계에서 관광을 갈 때 우리 엄마가 빠지면 재미가 없었다고 했다. 엄마는 무릎 통증으로 걷는 게 불편해지면서 관광 가는 걸 포기하려 했다가도 친구들 성화에 못 이겨 가기도 했다. 엄마는 관광지에서 많이 걸어야 할 때는 버스에 남아 친구들을 기다렸다고 했다. 그래도 저녁에 숙소에서 친구들과 어울려 노는 시간이 즐거워서 갔다고 했다. 엄마는 아버지가 가자는 해외여행은 마다했지만 친구들과 떠나는 관광은 좋아했다.

정자 이모의 선물은 내게도 배달되었다. 그해 겨울 주소를 물으시더니 직접 담은 김장김치와 된장, 고추장 등을 택배로 보냈다. 김치의 단맛을 내기 위해 홍시를 사용했고, 농약을 안 친 좋은 재료만 골라 담은 것이니 잘 먹고 건강하라고 당부하셨다. 내가 엄마가 떠나신 후 많이 아팠다고 하자 안쓰러우셨던 게다. 정자 이모의 택배 상자에는 마른 멸치도 있었다. 은색 비늘이 반짝거리는 중멸치가 한 무더기 들어 있었는데, 그 멸치가 나를 울렸다. 멸치의 머리와 똥(내장)이 모두 제거되어 있었기 때문이다. 엄마가 그랬듯이 이모가 그 많은 멸치를 한 마리 한 마리 다듬어 보낸 것이었다.

정자 이모는 "이제 읍에 나가도 만날 사람이 없다"고 했다. "내가 젤 좋아하는 친구가 영자인데, 광주에서 전화로 낼모레 추석 쇠러 내려갈 테니 만나자고 하더니 얼마 안 되어 눈을 감았다"고 애통해 하였다. 우리 엄마에게는 먼저 떠난 친구를 잊지 못하고 '천사'로 기억하는 조도 친구 정자 이모가 있다. 나는 감히 엄마처럼 살 자신이 없다.

9

우리 이모

허호심

2021년 1월 2일 토요일 아침, 전화벨 소리에 깼다. 통화를 마친 후 한동안 이불로 온몸을 감고 가만히 엎드려 있었다. 우리 이모가 소천하셨다고 한다. 10년 넘게 요양원 신세를 지고 있던 호심 이모가 천국으로 떠나셨다고 한다.

엄마 장례식을 마친 후 의신면 사천리에 위치한 요양원으로 면회를 갔었다. 요양보호사의 안내로 침상에 앉아 계신 이모에게 다가가 '엄마가 돌아가셨다'고 얘기했지만 아무 반응이 없었다. 그리 아끼던 하나뿐인 여동생이 세상을 떠났다는 소식을 들고 온 조카들을 알아보지도 못했다. 어디를 향하는지 알 수 없는 이모의 눈빛만은 '알고 있다'고 응수하는 것 같기도 했다.

우리 이모는 엄마보다 아홉 살이 더 많았다. 1951년 3월, 갓 스물을 넘긴 이모가 시집을 갔고, 당시 엄마는 국민학생이었다. 성

1951년 호심 이모 결혼사진(김성철 사진)

장기에 함께 뛰어놀기엔 나이 차가 많았지만 우애가 깊었다. 엄마가 결혼하고 나서 자매가 모두 읍내에 정착한 이후에는 살가운 정을 나누며 살았다.

마침 이모의 결혼사진이 남아 있는데, 초상마을 외갓집에서 치러진 혼례식에 '책가도(冊架圖)' 병풍이 사용되어 흥미롭다. '책거리 그림'이라 부르기도 하는 책가도는 서책을 비롯해 각종 문방구와 골동품, 화훼, 기물 등을 그린 채색 장식화를 가리킨다. 서양화에 대입해 보면 정물화에 가깝다. 18세기 후반부터 많이 그려졌고 19세기 이후에는 민간에서도 인기를 끌어 민화 책가도가 널리 유통되었다. 이 결혼사진은 1950년대 초까지 책가도 병풍이 혼례용으로 쓰였음을 말해준다.

흑백 사진이라 채색을 확인하긴 어려우나 화면의 구도와 묘사 솜씨가 엉터리는 아니다. 원삼 족두리로 단장한 신부와 사모관대한 신랑의 뒤편, 병풍에 붙인 부전지에 '이성지합 백복지원(二姓之合 百福之源)', 즉 '두 성이 결합하는 혼인이 온갖 복의 근원'이라는 문구를 써 붙였다. 이는 동성(同姓) 간의 혼인을 금지한 유교적 규범과 함께 '인륜지대사(人倫之大事)'로 여긴 혼인의 의미를 강조한 것이다. 조선시대부터 활옷이나 함 보자기 같은 혼례용품에 자수로 새겨 넣었던 문구이기도 하다. 꽃과 대나무로 장식한 초례상 가운데 놓인 쌀을 담은 커다란 대접에 '허생원(許生員)……'이라 쓴 패가 꽂혀 있고, 놋 제기에 담은 생선과 과일을 차려 놓았다.

이모는 성품이 조용하고 자애로운 분이었다. 평생 넉넉지 않은 살림을 건사하며 1남 5녀를 키우느라 이만저만 고생한 게 아니다. 병상에 들기 전에는 매일 성당에 나가 새벽기도를 할 정도로 신앙심도 깊었다. 오래전 내가 장미향 나는 귀한 묵주를 선물했더니 좋아하시며 함박웃음을 지었다. 그런데 치매가 착한 우리 이모를 비켜가지 않았다. 이모는 병상을 지키는 시간이 길어지면서 간병인을 힘들게 하는 환자로 변해갔다. 일평생 살아오신 모습과 거리가 멀어 처음엔 믿기지 않았다. 늙고 병드는 일은 누구도 원치 않지만 피하고 싶다고 피할 수 있는 일이 아님을 절감했다.

몇 장 안 되는 내 어린 시절 사진 중 하나가 이모네 가족사진이다. 내가 왜 그 사진 속에 들어있는지 전후 사정은 기억나지 않는다. 나는 맨 앞줄 중앙의 꽃무늬 원피스를 입은 이모의 오른편에 당당히 앉아 있다. 나는 아이보리색 바탕에 빨강·노랑 무늬가 들어간 털 스웨터를 입었다. 흑백 사진이지만 그 스웨터에 대한 기억은 선명하다. 결과적으로 이모 자식은 1남 6녀가 되고 말았다. 그 사진은 1974년 초, 설을 쇠고 찍은 것이었다. 당시 서울에서 일하던 언니들이 모두 귀성하여 큰맘 먹고 결행한 집안행사였던 셈이다. 그런데 엉뚱하게 내가 같이 찍었으니 생각할수록 재미있다. 정작 우리 가족사진은 21세기가 되어서야 처음 찍었다. 그날 부모님의 뜻에 따라 가족사진과 함께 찍은 영정사진으로 장례를 치렀다.

한없이 선했던 우리 이모가 떠나셨다. 이제 곧 사랑하는 동생과 해후하시겠다. 엄마가 좋아하시겠다. 이모가 좋아하시겠다.

⑩

꽃밭

작년 7월, 두어 달 비워둔 집을 점검할 겸 고향집에 내려갔다. 집 안 여기저기 아직 정리하지 못한 물건들이 많이 남아 있었다. 동생 부부와 나는 구역을 나누어 살펴보기로 했다. 초등학교에 들어간 후 제법 의젓해진 조카 연서는 사진을 정리하는 내 옆에 앉더니 고사리손을 보탰다.

이튿날 아침, 마당으로 나가니 저만치 동산(東山)이 품에 들어왔다. 돌아서니 본채 지붕 너머로 복원한 읍성의 성벽이 보였다. 모두 익숙한 풍경이었다. 그때 화단에 앙증맞게 핀 노란색 꽃이 시선을 끌었다. 가까이 다가가니 가자니아 무더기 속에서 꽃 한 송이가 머리를 내밀고 있었다. 전날엔 보지 못한 꽃이었다.

외래종 국화과에 속하는 가자니아는 꽃의 색깔과 모양 때문에 '태양국'이라 불리기도 한다. 햇살처럼 사방으로 퍼진 노란 꽃잎은

활짝 핀 가자니아 꽃

화단에 심은
가자니아 무더기에서 핀
한 송이 꽃이 보인다.

실은 참꽃이 아니라 헛꽃이다. 반점이 에워싼 중앙부에 참꽃 수십 송이가 밀집해 있다. 망울이 맺힌 꽃봉오리 하나 없는데, 한 송이만 활짝 피어 있는 게 신기했다. 가자니아는 엄마가 돌아가신 후 아버지가 심은 꽃이어서 마치 아버지가 보내는 아침 인사 같았다. 여전히 아버지의 빈자리가 어색한 내게 말을 건네는 것 같았다.

어릴 때부터 우리집 화단에는 나무와 꽃이 가득했다. 평소 부모님은 수시로 나무와 꽃을 구해다 심을 뿐 특별히 가지를 치거나 다듬지 않았다. 나무는 나무대로 꽃은 꽃대로 알아서 자라고 꽃을 피웠다. 그럭저럭 어수선하면서도 자연스런 멋이 있었다. 키 큰 나무들 사이에서 접시꽃이랑 나팔꽃, 봉숭아꽃, 분꽃, 칸나, 국화, 맨드라미 등 갖가지 꽃이 철따라 피고 졌다. 여름에는 징검돌 하나 없는 흙 마당에 채송화가 깔렸다. 비가 오거나 눈이 녹으면 마당이 질척거렸다. 하지만 흙바닥이었기 때문에 통후추처럼 까만 채송화 씨가 저절로 흩뿌려지고 꽃을 피웠다. 초등학교 때는 뒤안에 만발한 작약을 꺾어다 교탁을 꾸미기도 했다.

1980년대 말 흙벽의 옛집을 허물고 슬래브 지붕의 양옥을 지었다. 마당에 자동차를 주차할 수 있도록 콘크리트 포장도 했다. 이제 더 이상 채송화는 피지 않았고 규모가 줄어든 화단에 새로운 꽃과 나무가 자랐다. 지금은 구골목서를 비롯해 10여 종의 나무가 그 자리를 메우고 있다. 동백과 매화 같은 봄꽃 외에 상사화·수선화·가자니아·꽃창포·송엽국이 계절의 변화를 알린다. 요즘은 시골에 가도 고향집 꽃밭에 모여 살던 꽃들을 찾아보기 어렵다. 토종 꽃들이 외래종에 치인 느낌이 드는 것은 나뿐일까.

꽃은 엄마의 찬장 속에도 가득했다. 엄마가 눈에 띌 때마다 한 개씩 사 모은 꽃무늬 그릇들이었다. 푸른 선이 테두리를 두른 합과 외면에 국화무늬가 있는 대접, 일본의 유명 도자기 '노리다케'를 연상시키는 꽃무늬가 장식된 합과 접시 등이 있었다. 수입품 도자기가 아닐 뿐더러 국내 유명회사의 상표도 붙어 있지 않았지만 엄마처럼 곱고 향기로웠다. 그중 몇 개를 골라 내 찬장으로 옮겼다. 나는 날마다 밥상머리에서 엄마를 닮은 꽃무늬 그릇들과 만난다.

엄마가 생전에 사용한 그릇(김성철 사진)

⑪

아버지의 달력

안방 문을 열고 들어서니 빈 침대가 눈에 들어왔다. 모든 것들이 원래 그 자리에 있었다. 다만 침대가 비어 있고 문갑 위의 텔레비전도 꺼져 있었다. 방바닥에 놓인 작은 탁자 위에 복사용지 몇 장과 각종 서류들, 볼펜, 한 뭉텅이의 약 봉지가 있었다. 빈 침대와 꺼진 텔레비전이 아버지의 부재가 실제 상황임을 적시하고 있었다. '이제 이 방의 주인은 영원히 부재중일 거'라는 생각이 들면서 다리의 힘이 풀렸다.

그때 내 시선을 붙든 것이 벽에 걸린 달력이었다. 2022년 9월·10월·11월 3개월의 날짜가 인쇄된 면이 펼쳐져 있었다. 해가 바뀌고 또 5개월이 지났는데, 여전히 작년 10월 달력이 걸려 있었다. '아버지의 시간은 그때 멈추었구나.' 울었다.

3월 초 장례를 치르자마자 나는 코로나 확진 판정을 받아 자가 격리에 들어갔다. 병원에 입원 중이었던 아버지의 폐렴 증세가 하룻밤 사이에 악화되는 바람에 임종도 못했다. 세상과 작별하는 순간 홀로 계셨던 아버지는 얼마나 외로웠을까 싶어 미안하고 가슴 아팠다. 이래저래 시간이 필요했고 부모님이 모두 떠나신 마당에 유품 정리를 서두르고 싶지도 않았다. 그 때문에 5월 말에야 1차 유품 정리를 위해 고향에 내려갔다.

달력은 우체국에서 발행한 벽걸이용으로 당월뿐 아니라 전후 2개월의 날짜까지 한눈에 볼 수 있었다. 군더더기 없이 커다란 글씨의 숫자만 있어서 장년층이 선호하는 유형이었다. 그해 11월 초, 나는 고향에 내려가 엄마 묘에 들른 후 아버지와 함께 입원에 필요한 짐만 간단히 챙겨 광주로 올라왔다. 아버지는 연이은 디스크 수술로 입, 퇴원을 반복하면서 쇠약해진 상태여서 전문기관의 돌봄이 필요하다고 판단한 것이었다. 아버지는 남동생 집에서 가까운 요양병원에 입원하였다.

그렇게 아버지가 집을 떠날 무렵에는 벽에 걸린 달력을 챙길 여유가 없었던 것이다. 또한 11월까지 볼 수 있으니 굳이 넘기지 않아도 되었으리라. 아버지는 그로부터 4개월 후 영면에 들었다. 아버지의 시간이 멈추면서 나머지 두 장의 달력은 펼쳐지지 못하고 폐기되었다.

큰방 벽에 걸려 있는 2022년 10월 달력

꿈의 대화

꿈에 엄마와 아버지를 봤다. '아아 아버지가 4개월의 여정을 마치고 하늘나라에서 엄마와 재회하셨구나' 싶었다. 아버지가 '나는 잘 도착해서 엄마를 만났으니 걱정 말라'고 기별하는 것 같았다. 영화나 소설 속 꿈처럼 극적인 요소는 없었다. 두 분은 생전의 일상 속 모습으로 잠시 내 꿈에 다녀가셨다.

아버지가 떠나기 며칠 전, 꿈에 할머니를 보았다. 30여 년 전에 돌아가신 할머니가 내 꿈에 나온 건 처음이었다. 아버지 장례를 치른 다음에야 문득 그 꿈이 다시 떠올랐다. 그제야 할머니가 아들을 마중하러 오셨고, 내게 이별을 준비하라고 귀띔해 주었다는 걸 알아차렸다. 이른바 '개꿈'이 아니었던 것이다. 기분이 묘했다.

엄마와 사촌 간인 춘자 이모는 요즘도 자주 꿈에 엄마를 본다고 한다. 이모가 들려준 꿈 얘기가 귀를 쫑긋하게 했다. 이모는 엄마가 세상을 떠난 직후에 꿈을 꾸었는데, '엄마가 큰 밭에서 평소 가깝게 지낸 아주머니 한 사람과 함께 밭을 매고 있었고, 그 밭에는 푸릇푸릇한 싹이 가득했다'고 한다.

또 다른 꿈에서는 고향 초상마을 같은데, 엄마가 호박이 엄청나게 많이 열린 밭에 있었다고 한다. 이모가 지나가다가 "언니! 나 호박 하나 따주게"라고 외쳤더니 엄마가 주먹 크기의 작은 호박을 따주면서 "이놈 갖고 가거라" 해서 받았단다. 이모는 '크고 이쁜 호박이 많은데 왜 이리 쨰깐한(작은) 것을 주나. 언니가 손이 큰 사람인데……' 하며 잠에서 깼다고 한다.

이모는 꿈속에서 푸른 싹이 가득하고 호박이 주렁주렁 달린 밭에 있는 엄마 모습을 봤기 때문에 '우리 조카들은 잘 지내겠구나' 하고 안심이 되었다고 한다. 엄마가 하늘에서 나와 우리 형제들을 지켜줄 거라는 믿음이 생겼다는 것이다.

우리 아버지 장례가 끝난 뒤에는 이모 꿈에 '엄마와 아버지가 방아를 찧어온다며 함께 리어카를 끌고 오는 모습'으로 보였다고 한다. 그래서 이모도 나처럼 두 분이 하늘나라에서 만난 것으로 해몽했다고 하였다. 이모의 꿈 얘기까지 듣고 나니 마음이 한결 편안해졌다.

⑬

대문을 닫으며

결국 고향 집은 남의 집이 되었다. 마지막으로 대문을 닫고 나오던 날, 마당에 있던 남동생 차가 밖으로 나왔다. 뒤이어 집 안쪽에서 커다란 철제 대문 두 짝을 가운데로 모아 빗장으로 고정시켰다. 쪽문을 통해 신작로로 나오는 내 등 뒤에서 잠금 장치가 작동하는 소리가 들렸다. '이제 다시는 이 문을 열지 못하겠구나. 마당에 들어가 꽃과 나무를 볼 수 없겠구나.' 갖가지 상념이 폭풍우 속 파도처럼 솟구쳤다. 나는 속으로 '안녕 우리집'을 되뇌며 한참 동안 길 위에 붙박여 있었다.

몇 년 전 아버지는 낡은 대문을 교체하고 싶다고 샘플 사진들을 자식들에게 보내 의견을 구했다. 우리 형제들은 다수결로 여러 후보 중 하나를 낙점하였다. 그래서 집의 나이에 비해 대문이 젊다. 대문 앞에 서면 왼쪽 행랑채와 마당 안쪽 본채의 지붕, 그 너머 진

2024년 1월 중순 마지막으로 대문을 닫고 촬영한 고향집

도 읍성의 성벽과 숲, 하늘이 눈에 들어온다. 우리집은 읍성 밖 동쪽에 있는 마을, 동외리에 있다.

집 주인이 바뀌게 되었으니 집을 완전히 비워야 했다. 이틀 동안 트럭 다섯 대분 살림살이가 대문을 빠져나왔다. 자개장을 비롯한 가구들과 소파, 침대 등은 고종사촌 윤구 오빠의 지인이 실어 갔다. 광주에 사는 오빠 부부가 일부러 같이 내려와 집 정리를 도왔다. 지산면 가치리에 사는 지인 부부가 트럭에 실은 짐을 1차로 부려놓고 점심을 먹고 오자고 했다. 나도 오빠 부부와 함께 따라갔다. 그 집은 가치보건진료소 옆에 있었다. 집에 도착하자마자 부인이 압력밥솥에 밥을 안치더니 배추김치와 생선구이, 생굴무침, 세발나물, 미역국 등 맛깔스런 반찬으로 점심상을 차려주었다. 덕분에 진도산 식재료로 차린 '집밥'을 먹을 수 있었다.

각종 가전제품과 부엌 살림살이 중 일부는 창포리 복만 오빠네 집으로 옮겼다. 내가 가장 좋아하는 복만 오빠 부부는 우리 부모님과 각별하게 지내며 집안 대소사를 챙기는 데 앞장서 왔다. 올케는 어린 나이에 청각 장애인인 오빠에게 시집 와서 숙모인 우리 엄마에게 음식을 배운지라 손맛이 엄마를 닮았다. 지난 몇 년 동안 올케가 보내준 김장김치로 겨울을 났다.

각종 세간살이가 여러 곳으로 흩어져도 누군가 사용할 거라 생각하니 위로가 되었다. 그럼에도 읍사무소를 통해 폐기 처리한 양이 트럭 두 대분이었다. 그렇게 지난 50여 년 동안 우리 가족의 보금자리였던 고향집의 역사는 막을 내렸다.

제2장

청춘연가

1

초상마을 외갓집

친가의 어른들이 엄마를 부르는 호칭 중 하나는 '초상 애기'였다. 엄마가 초상마을에서 나고 자랐기 때문이다. 내 기억 창고에 저장된 외갓집 정보는 빈약하다. 집은 오르막길 끝에 있는 초가였고 마당에 들어서면 왼편에 외양간이 있었다. 가장 또렷하게 각인되어 있는 것은 집 가까이에 있었던 샘이다. 줄을 맨 두레박으로 물을 퍼 올리는 우물이 아니었다. 옹달샘처럼 깊이는 얕았고 사람들이 샘가에 쪼그리고 앉아 바가지로 물을 퍼서 동이에 담아 갔다. 바위틈에서 솟아나는 물이 턱 위로 넘칠 정도로 수량이 풍부했다. 집 정리를 마무리하기 위해 귀향한 김에 이종사촌 인진 오빠와 함께 초상으로 향했다. 일찍이 외삼촌이 가산을 정리해 읍내로 이주함에 따라 초상을 방문할 기회가 사라진지 오래였다.

1월 중순이니 절기상으로는 한겨울임에도 남녘이라 춥지 않았다. 햇볕에 데워진 바람이 상쾌하게 느껴질 정도였다. 대로변 마을 입구에는 '초상리(草上里)'라 새긴 표지석과 함께 "허정무 감독 고향마을"이라는 커다란 안내판과 축구공 형태의 조형물, 그리고 "천연기념물 53호 진돗개 보존마을(모색: 백)"이라 적힌 안내판이 있었다. 문득 허정무 감독의 별명이 '진돗개'라는 사실이 떠올랐다.

들판은 온통 대파 밭이었고 봄동 밭도 눈에 띄었다. 대파와 봄동은 진도 특산물이다. 온난한 기후 덕분에 겨울철에도 대파가 잘 자라 생산량이 많다. 봄동은 겨울에 파종해 이른 봄에 수확하는 배추이다. 속이 촘촘한 김장용 배추와 달리 빳빳한 이파리가 꽃처럼 사방으로 펼쳐진 모양새다. 노지에서 한기를 이겨낸지라 풍미가 독특한 식재료로 알려져 있다. 대파와 봄동 밭이 만들어내는 풍경이 이곳이 진도임을 말해주는 인증샷 같았다.

경사가 심하지는 않았지만 오르막길이 시작되었다. 일단 내 기억이 맞았다. 저 멀리 야트막한 산을 등진 중심 도로가 콘크리트 포장으로 변했지만, 초입부터 흙과 돌로 벽체를 마감한 집과 돌담이 이어졌다. 조금 더 올라가니 돌담 사이에 벽화가 그려진 시멘트 담이 나타났다. 갈림길에 이르자 담벼락에 기댄 채 석양의 볕을 쬐는 할머니들이 보였다. 가까이 다가가서 자초지종을 설명했더니 깜짝 놀라며 "아이고 니가 영자 딸이여?" 하며 반가워했다. 듣고 보니 모두 엄마의 일가나 진배없는 분들이었다. 할머니들은 우리 엄마가 세상을 떠났다는 소식을 들었다며 애달파 했다. 그리고 내가 궁금해 하는 외갓집과 샘의 위치를 짚어주었다.

그 샘이 지금까지 없어지지 않고 제자리에 있었다. 바로 외갓

초상마을 외갓집 전경(김성철 사진, 2024년)

외갓집 축대 아래 있는 동네 샘과 배롱나무(김성철 사진, 2024년)

집 아래 붙어 있었다. 기억 속의 샘을 마주하는 순간 팔에 닭살이 돋았다. 외갓집 언덕을 떠받치고 있는 석축 아래에 있는 샘에 맑은 물이 가득 차 있었다. 주변을 콘크리트로 정비하긴 했으나 바위틈에서 물이 솟는 작은 샘의 원형은 보존되어 있었다. 지금은 식수로 사용하지 않지만 예전에는 마을의 유일한 샘이었고 물맛도 좋았다고 한다. 춘자 이모가 얘기한 배롱나무도 샘가에 그대로 있었다.

이튿날 내려온 남동생 부부와 조카 연서를 대동하고 2차 방문에 나섰다. 전날 외갓집 마당은 밟아보지 못했기 때문이다. "초전길 22-1"이라는 도로명 주소가 나붙은 담에 다가서자 어제와 마찬가지로 두 마리 백구가 짖어댔다. 담장 너머에 텃밭이 있고 대문이 있어야 할 자리는 휑하니 뚫려 있는데, 문을 매달 기둥조차 없었다. 개 짖는 소리에 이끌린 듯 주인장 할머니가 축대 위 마당 끝으로 나와서 '개들은 묶여 있으니 걱정 말고 올라오라'고 했다.

주인 할머니는 꽃무늬 모자와 회색 스웨터, 꽃무늬 몸배와 꽃무늬 솜버선, 분홍 슬리퍼 차림이었다. 그 모습이 얼마나 정겨운지. 할머니는 마루 아래 엎어놓은 플라스틱 상자에 앉아 생고구마를 깎아 먹는 중이었다. 할머니께 나를 소개하자 깜짝 놀라며 덥석 손부터 잡았다. "오메 오메 니가 영자 고모 딸이여? 영자 고모가 죽었다는 애기는 들었어야. 아깐 사람이 어째 그케 빨리 가부렀는지……."

현재 농삿일을 하며 혼자 사는 이 할머니도 엄마의 조카뻘 되는 허씨 집안사람이었다. 할머니는 이미 돌아간 남편 이름이 허준광이라고 했다. 연신 혀를 끌끌 차며 "팔십도 못 넘기고 세상을 떠난 영자 고모가 애처롭다"고 하였다. 할머니는 담장으로 분리된 오큰편 사당 구역까지 전체가 원래는 우리 외갓집이었다고 했다. 양천 허씨 문중의 제각(祭閣)이 들어선 장소가 바로 샘의 축대와 붙어 있었다. 샘이 외갓집 안에 있는 것처럼 보여서 내 기억회로에 깊이 저장되어 있었던 것이다. 할머니는 우리 외삼촌으로부터 집을 사들인 후 헐고 다시 지었노라고 했다.

개량식 지붕, 마당 끝 텃밭과 장독대, 가마솥이 걸린 아궁이 등 전형적인 농촌 가옥이었다. 아쉽게도 옛날 외갓집의 흔적이 남아있지 않다고 생각한 그 순간, 눈에 들어오는 것이 하나 있었다. 바로 장독대 옆 도구통(절구통)이었다. 받침대가 있는 원형 도구통이 우리 집에 있는 것과 유사했다. 도구통이 엄마와 초상마을을 잇는 징표 같았다.

할머니는 "느그 엄마가 노래도 잘하고 재주가 많았어야. 그라고 큰애기 때부터 화장도 잘하고 겁나게 잘 꾸미고 댕겼당께"라고 하셨다. 엄마는 정말로 소문날 만큼 노래를 잘했다. 그리고 예쁘게 화장하고 단장하기를 좋아했다. 짧은 담소를 마치고 가보겠다고 했더니 할머니가 따라 나왔다. 할머니는 마당 끝 축대 위에 서서 뒤돌아 내려오는 우리를 바라보고 있었다.

이틀간 초상마을에서 만난 사람은 노인 네 명에 불과했다. 대파나 봄동을 수확하는 모습조차 볼 수 없었다. 간간이 개 짖는 소리가 들릴 뿐 적막했다. 2007년에 간행한 『진도군지』에 의하면, 당시 초상에는 23가구 56명의 주민이 살았다. 의신면사무소를 통해 확인한 결과 현재 주민 수는 남성 20명, 여성 27명으로 총 47명이라고 한다. 그 사이 초상마을에 닥친 가장 큰 변화는 그 많던 동네 사람들이 사라진 것이었다.

외갓집은 읍내 우리집에서 승용차로 고작 20분 남짓 걸리는 거리에 있었다. '이렇게 가까운데 왜 엄마가 살아계실 때 한 번도 같이 오지 못했을까.' 읍내로 향하는 차 안에서 내 가슴을 쳤지만 너무 늦은 깨달음이었다.

②

사각모 쓴 이는 초상 허씨

『진도군지』에 의하면, 초상마을은 1700년대 초반 양천 허씨가 입향하면서 양천 허씨 집성촌이 되었다. 한때 '진도에서 사각모 쓰고 다니는 청년들은 다 초상 허씨'라고 했다고 한다. 초상마을 양천 허씨 중 육지로 나가 상급학교에 진학한 젊은이가 그만큼 많았다는 뜻이다.

외할아버지는 사형제 중 둘째였다. 집안의 장남인 큰형은 한약방을 운영했으니 한의사였던 셈이고 동생인 셋째는 강진에서 경찰로 근무했다. 넷째 막둥이가 춘자 이모의 아버지다. 외할아버지는 허정무 감독의 할아버지와 사촌지간이었는데, 허 감독의 큰할아버지는 면장을 지냈고 부친은 교장으로 퇴임했다. 이밖에도 양의사와 약사 여럿을 배출할 정도로 초상의 양천 허씨 집안은 교육열이 높았고 시쳇말로 출세한 인사가 많았다.

드론을 띄워 조망한 의신면 초상마을 전경
(김성철 사진, 2024년)

초상마을 허씨가 소유한 전답도 많아서 인접한 응덕리와 연주리 일대 논까지 주인은 다 초상 사람이라고 할 정도였다. 그 때문에 일자리를 찾아 떠도는 외지인들이 초상마을로 모여들었다. 그 중에는 군대 가기 싫어서 육지에서 숨어든 20대 청년들도 있었다. 몇 년간 머물다 떠나는 이가 있는가 하면 허씨 집안의 중신으로 가정을 꾸리고 눌러앉는 이들도 있었다.

그와 같은 분위기로 인해 허씨 집안에서는 여성들도 학교 교육을 받을 수 있었다. 상당수 여성들이 정규 교육의 혜택을 받지 못하고 가사와 농사일만 하는 시절이었지만, 초상 허씨는 최소한 국민학교는 마치도록 했다. 사촌지간인 엄마와 춘자 이모도 마찬가지였다. 심지어 허약했던 춘자 이모의 손위 언니는 결석하지 않도록 일꾼이 학교까지 업어다 주었다. 하지만 엄마와 춘자 이모가 10대에 접어든 이후 양 집안의 사정은 이전과 달랐다. 태평양전쟁과 해방, 한국전쟁으로 이어지는 역사의 격랑 속에서 엄마는 형제들을 잃었고, 춘자 이모는 중풍으로 쓰러진 어머니를 간병해야 했다. 결국 이모 나이 열아홉에 어머니가 별세하고 말았다.

우리 외할아버지는 "사형제 중 제일 똑똑하고 머리가 좋다"고 주변의 인정을 받았다고 한다. 하지만 내향적인 성격 때문에 사회활동에 소극적이었다. 그럼에도 '이장 노릇'을 무려 20년이나 했단다. 실질적으로 집안 살림의 지휘는 활동적인 외할머니 몫이었다.

외할아버지의 성품을 엿볼 수 있는 재미있는 일화가 있다. 어느 날 외할아버지가 밭일하는 며느리에게 젖을 먹이기 위해 손주를 업고 집을 나섰는데, 밭에 도착하니 포대기에 아기가 없었다. 소스라치게 놀라 왔던 길을 되돌아가 보니 아기가 울지도 않고 풀밭 위에서 놀고 있었단다. 자칫 큰일 날 뻔한 일이었다. 외할아버지가 등에 업은 아기가 도중에 떨어진 줄도 모를 정도로 무던한 분이었으니 외갓집 분위기를 미루어 짐작해 볼 수 있다.

이제 엄마는 그리던 외할머니와 하늘나라에서 만났으리라. 그곳에서 다시 외할머니의 귀한 막내딸로 돌아가 잘 지내실 거라 믿는다.

③

의동국민학교

졸업

사진 하단에 기입된 "제사회졸업기념의동국민학교(第四回卒業記念義東國民學校)…… 단기 4286. 3. 23."이라는 식자(植字)에 의거하면, 1953년 3월 23일 진도군 의신면 초사리에 위치한 의동국민학교 제4회 졸업 기념사진이다. 그런데 학령 인구 감소로 의동초등학교는 2014년에 폐교했고 건물은 현재 다른 용도로 쓰이고 있다.

졸업사진을 보면, 뒤편 산과 교실 건물을 배경으로 선생님들과 학생들이 4열로 줄을 맞춰 포즈를 취하고 있다. 맨 앞에는 무릎 위에 두 손을 가지런히 포갠 채 흙바닥에 앉은 한복 저고리와 통치마 차림의 여학생 11명이 자리를 잡았다. 두 번째 줄은 나무 걸상에 앉은 8명의 교사가 차지하였다. 남성 일색인 선생님 중 두 명은 한복 저고리 차림이고 나머지 6명은 넥타이를 맨 양복 차림이다. 그 뒤 3~4열에는 남학생 28명이 도열해 있는데, 얼굴이 보이도록

1953년 엄마의 의동국민학교 졸업사진
(김성철 사진)

걸상 위에 올라선 듯하다. 남학생들은 차이나 칼라의 '학생복'을 입었다. 제4회 졸업생 수는 남녀 합쳐 39명이고 남학생이 여학생의 두 배가 넘는다. 남성과 달리 많은 여성들이 학교 교육에서 소외되었던 시대상을 반영하는 것으로 읽힌다.

이 사진 속에는 내가 아는 사람들이 있다. 엄마와 춘자 이모다. 앞줄 왼쪽에서 일곱 번째 어린이가 우리 엄마다. 춘자 이모는 왼쪽에서 세 번째 자리에 있다. 엄마와 춘자 이모는 사촌 간으로 엄마는 1940년생, 춘자 이모는 1941년생이다. 출생신고를 제때 하지 않아 호적에는 엄마가 1941년생으로 올라 있다. 1947년 갓 여덟 살이 된 엄마는 일곱 살 춘자 이모와 함께 국민학교에 입학했고 6년 뒤 함께 졸업했다.

관련 자료를 살펴보니 해방 전인 1944년 7월 의신국민학교 초사분교로 설립된 의동국민학교는 이듬해 11월에 승격해 정식으로 개교하였다. 그 덕분에 20리 거리의 면소재지 돈지에 있는 의신국민학교까지 걸어 다니던 초상 아이들도 5리 거리에 새로 문을 연 의동국민학교로 전학할 수 있었다. 하지만 엄마가 입학했을 때까지도 여전히 학교 시설이 부실해서 자주 보수 공사를 했다. 심지어 1학년 때는 자갈이 깔린 교실 바닥에 앉아 변변한 책상도 없이 수업을 들었다고 한다.

다시 사진 속으로 들어가 보면, 팔짱을 낀 교사 한 명을 제외하면, 하나같이 차렷 자세로 정면을 응시하고 있다. 또한 까까머리에 학생복 차림 남학생들과 단발머리에 흰 저고리 일색 여학생들의 차림새는 한국전쟁 직후의 경직된 사회 분위기를 전한다.

2014년에 폐교한 의동국민학교의 현재 모습

엄마를 비롯한 사진 속 여학생 이미지는 미석 박수근(1914~1965)의 1955년 작 〈독서〉를 연상시킨다. 그림에는 빨간 저고리와 검정 치마를 입은 단발머리 소녀가 책을 읽고 있는 모습이 담겼다. 주인공은 화가의 딸로 알려져 있는데, 우리 엄마처럼 1950년대를 살았던 평범한 소녀 누구에게 대입해도 이상할 것 없는 작품이다.

엄마는 노래 잘하고 놀기 좋아하는 어린이였지만 공부도 열심히 했다. 엄마 말로는 반에서 3등 밖으로 밀려난 적이 없었다. 외갓집에 얹혀살며 농사일을 돕는 일꾼들이 여럿이어서 막내딸인 엄마는 비교적 자유로웠다. 일꾼 중에는 6.25 때 피난 와서 초상마을에 정착한 부부, 아들과 함께 사는 가난한 노인 등이 있었다. 실질적으로 집안 살림을 꾸렸던 외할머니의 성품이 따뜻하고 베풀기를 좋아해서 일꾼들이 쉬 떠나지 않았다고 한다.

하지만 엄마가 의동국민학교를 졸업할 무렵 외갓집 형편이 넉넉했던 것은 아니다. 4남 2녀 중 두 아들, 육지로 보내 공부시킨 장남과 차남이 일제 말기 태평양전쟁에 끌려가 돌아오지 않았다. 장남은 죽었는지 살았는지 생사조차 알 수 없었다. 가세가 기우는 건 둘째이고 남의 나라가 일으킨 전쟁으로 생때같은 자식을 둘이나 잃은 외할머니의 심정이 어땠을지는 가늠조차 할 수 없다. 결국 엄마의 학창 시절은 조기에 막을 내렸다. 이 사진이 엄마 인생의 마지막 졸업사진이었다.

4

교복을 입고

'진도호'에 승선한 여학생 두 명. 배경을 이루는 그림에는 우람한 교각이 떠받치는 긴 다리가 강을 가로지르고 강변에 높은 빌딩들이 솟은 도시 풍경이 담겨 있다. 어딘지 알 수 없는 교량과 빌딩을 조합한 상상화다. 강물에 뜬 것처럼 배치된 배도 당연히 진짜 배가 아니다. 얇은 합판을 잘라 모양을 만들고 칠을 한 연극무대의 소품처럼 보인다. 흑백 사진이라 채색과 필치를 정확히 파악하긴 어렵지만, 예전에 극장 앞에 내걸었던 대형 페인트 그림과 유사한 그림판이다. 아마도 수많은 사람들이 이 사진관에서 같은 그림을 배경으로 사진을 찍었을 것이다.

사진 속 소녀들은 엄마와 춘자 이모다. 두 사람은 하얀 칼라가 달린 중학교 교복 차림이다. 엄마는 뱃머리 갑판 위에 손을 올린 채 고개를 살짝 왼편으로 돌렸다. 그 옆에 선 춘자 이모는 바퀴 모

엄마와 춘자 이모가 교복을 입고 찍은 사진
(김성철 사진)

양의 방향타를 잡은 채 정면을 바라보고 있다. 두 사람의 최종 학력은 이른바 '국졸', 국민학교 졸업이 전부이다. 이런 교복을 가진 적도 입은 적도 없었다. 그러면 이 사진은 어떻게 찍은 것일까.

1953년 3월에 촬영한 '의동국민학교 제4회 졸업 사진'에는 엄마의 조카 허홍도 포함되어 있다. 누구라고 정확히 가려낼 수는 없지만, 춘자 이모와 동갑인 홍은 고모인 우리 엄마와 국민학교 입학과 졸업을 함께 하였다. 항렬상 내게는 오빠인 홍의 부친은 강제 징병으로 태평양전쟁에 동원된 엄마의 큰 오라버니다. 제2차 세계대전이 끝나고 해방이 된 후에도 큰외삼촌은 집으로 돌아오지 않았고 행방조차 묘연하였다.

오지 않는 아들을 기다리던 외할머니는 청상과부가 되어 버린 며느리의 팔자를 안타까워했다. 이른 새벽에 먼저 일어난 외할머니는 며느리가 잠에서 깰까 봐 발소리가 나지 않도록 맨발로 걸어 다니며 일을 했다고 한다. 고심하던 외할머니는 며느리를 설득해 재혼을 시켰다. 며느리에게 '아들 홍은 내가 키울테니 걱정 말고 가서 잘살라'고 했단다. 그래서 늦둥이 막내딸로 태어난 엄마는 한 살 아래 조카와 성장기를 같이 보내게 되었다. 엄마는 평생 어린 나이에 부모를 다 잃은 조카 홍의 처지를 가여워했다.

그렇지만 그런 홍의 존재가 엄마의 중학교 진학을 가로막은 결정적인 이유가 되고 말았다. 집안 형편상 두 명을 동시에 뒷바라지하기 어렵다고 판단한 외할머니가 손자만 중학교에 진학시킨 것이다. 여자아이들은 국민학교도 보내지 않는 집이 많았던 시절이니 당연한 처사로 보일 수도 있다. 외할머니는 19세기 말 태생으로 농촌에 살았지만 소위 양반 집안 출신이어서 글을 알았고 교육열이 높았다. 한학을 뗀 외할아버지도 식자층이었다. 그럼에도 경제 사정 때문에 손자와 딸 중 하나만 선택할 수밖에 없었다. 엄마도 조카의 앞날을 위해 슬픈 현실을 받아들였다. 그러나 학구열까지 식은 것은 아니어서 외삼촌을 졸라 틈틈이 한자를 배웠다. 언젠가 엄마는 한자로 외가와 친가 주소를 써 보이며 중학교에 못 간 아쉬움을 토로하였다.

뿐만 아니라 중학교에 다니는 또래 여학생들이 부러웠던 엄마는 한동안 교복처럼 하얀 칼라가 달린 옷을 지어 입고 다녔다. 목포로 분가하기 전까지 함께 살았던 엄마의 셋째 올케가 유난히 바느질을 잘해서 손재봉틀을 이용해 뭐든 뚝딱 만들어냈다고 한다. 엄마는 올케에게 교복처럼 하얀 칼라가 붙은 옷을 지어 달라고 부탁했다. 그리고 솜씨 좋은 올케가 만들어준 '교복 아닌 교복'을 입고 다녔던 것이다.

두고두고 아쉬움을 안고 살던 엄마가 몇 년 뒤 춘자 이모와 함께 사진관에 비치된 교복을 입고 이 사진 한 장을 찍은 것이다. 그날 두 소녀의 마음속 하늘은 맑았을까 흐렸을까.

5

피리 부는 청년

엄마의 생애에서 춘자 이모의 자리는 크다. 춘자 이모의 생애에서 엄마가 차지하는 비중도 마찬가지다. 엄마는 자식들보다 춘자 이모와 보낸 시간이 더 많을지도 모른다. 엄마에게 이모는 사촌 동생이자 다정한 동무였다. 어린 시절부터 함께 만든 추억이 많은 건 당연하다. 피리 부는 청년의 이야기도 그중 하나다.

춘자 이모 집에 피리를 잘 부는 청년이 더부살이를 하고 있었다. 원래 육지 사람인데 군대 가기 싫어서 섬으로 숨어든 젊은이였다. 한국전쟁의 후유증이 가시지 않은 때이니 그럴 만도 했다. 피리는 요즘도 초등학교 음악시간에 사용하는 리코더와 비슷했는데, 청년의 연주 실력이 좋아서 제법 들을 만했다고 한다.

당시 춘자 이모는 중풍으로 거동이 불편한 어머니를 수발하느라 밖으로 나다니기 어려운 형편이었다. 엄마는 그런 이모를 만나

려고 무시로 이모 집에 드나들었다. 그러다 청년이 보이면 피리 연주를 청하곤 했다. 엄마는 주로 이모네 도구통(절구통) 위에 걸터앉아 연주를 감상했다고 한다.

그런데 피리 소리가 나면 이모의 어머니가 문 밖에 대고 소리를 쳤다. "또깨비야 또깨비야 저년들 좀 잡어 가거라." 몸져누워 만사가 괴로운데, 딸과 조카딸이 피리 소리에 홀려 '얼씨구절씨구' 하고 있었으니 한소리 들을 만했다. 아무렴 도깨비더러 잡아가라고 한 말이 진심이었을 리는 없지만 말이다.

6

목연클럽

사진첩에서 발견한 이 두 장의 사진은 엄마가 처녀 시절 친구들과 함께 찍은 단체사진이다. 날 잡아 차려입고 사진관으로 몰려갔을 다섯 명의 처녀. 그들은 허영자·허춘자·허중순·허준자·구연단이다. 두 사진을 비교해 보면 같은 사람끼리 찍은 게 금방 확인되는데, 그중 한 장에 '목연클럽'이라 기입되었다. '목연클럽' 회원들의 기념사진인 것이다.

도대체 목연클럽은 언제, 어떤 목적으로 만들어진 것일까. 결론부터 말하자면 1950년대 말 초상마을에서 조직된 '목연클럽'은 단순한 동네 친구들의 모임이다. 이 조직이 내세우는 거창한 강령이나 활동 이력 같은 것은 없다. 카메라가 포착한 것은 단지 엄마와 벗들의 생애에서 가장 어여쁜 시절이다. 푸르른 청춘의 기록이라는 점 외에 다른 가치가 더 필요할까.

엄마와 목연클럽 회원들(김성철 사진)

첫 번째 사진은 탁자에 놓인 동백꽃 화분을 중심으로 포즈를 취하였다. 앞줄 두 사람은 양 갈래로 땋은 머리를 길게 늘어뜨렸고, 뒷줄 세 사람의 머리 모양은 한 갈래로 묶거나 틀어올렸다. 모두 한복 차림인데, 앞줄 오른쪽 처녀만 한복 위에 스웨터를 겹쳐 입었다. 뒷줄 왼쪽 스카프로 머리를 감싼 이가 춘자 이모다. 엄마는 뒷줄 오른쪽에 자리 잡았는데, 무늬가 화려한 비단 저고리를 입었다.

'목연클럽'이라 써진 두 번째 사진의 배경은 무늬가 있는 커튼이다. 이번엔 앞줄에 엄마와 춘자 이모가 앉고 나머지 세 사람이 뒷줄에 나란하다. 머리 모양이나 차림새, 얼굴의 분위기로 보아 촬영 시기가 첫 번째 사진보다 내려오는 듯하다. 엄마는 약간 부풀린 머리 모양에 카디건 형태의 스웨터를 입고 목에 스카프를 둘렀다. 예외없이 다소곳한 자세와 웃음기 없는 표정으로 통일된 점은 첫 번째 사진과 같다.

봄꽃 중 하나인 목련이 예뻐서 이름을 '목연클럽'이라고 지었다고 한다. 이들은 모두 초상에서 나고 자랐고 하나둘 결혼하면서 헤어지기 전까지는 날마다 뭉쳐 다니다시피 했다. 나이는 동갑이거나 한 살 차이 또래 친구들이었다. 작명하는 걸 좋아했던 엄마는 어느 날 회원들에게 가명을 하나씩 지어줬다. '자(子)'자로 끝나는 본명이 촌스럽다며 '미(美)'자 돌림으로 다섯 개의 이름을 지은 것이었다. 그래서 영자 씨는 '미경'이, 춘자 이모는 '미희'가 되었다.

이들은 국민학교 졸업 후에는 밭일도 같이 했고 저녁에는 아지트가 된 외갓집 작은방에 모여 외할머니가 해 주는 밤참을 먹으며 어울렸다. 겨울밤이면 뜨뜻한 아랫목에 붙어 앉아 얘기꽃을 피웠다. 한번은 자정이 가까운 시각에 외할머니가 텃밭의 파를 뽑아 무쳐서 밥을 차려줬다고 한다. 춘자 이모는 특별한 음식이 아니어도 외할머니의 음식 솜씨가 좋고, 다들 한창 클 때라 맛있게 먹었다고 회고한다. 또 잠이 많은 엄마가 먼저 곯아떨어지자 젖꼭지에 실을 매 농에 묶어 놓고 지켜보며 깔깔거리는 짓궂은 장난을 한 적도 있었단다.

초상마을은 초상을 비롯해 초하, 초중, 초평까지 네 마을을 합친 의신면 초사리에 속한다. 바다와 접한 초평에서 재를 하나 넘으면 고군면 회동(回洞)이다. 회동마을은 음력 3월, 조수간만의 차에 의해 바닷물이 갈라지면서 모도까지 연결되는 '신비의 바닷길'이 드러나는 곳이다. 예전부터 전하는 설화 속 뽕할머니를 기리는 영등제(靈登祭)를 모셔오다가 지금은 진도를 대표하는 축제로 발전하였다.

엄마와 친구들도 봄이 되면 회동으로 관광에 나섰고, 사방에서 잘 차려입은 처녀총각, 한량 등 구경꾼들이 모여들었다고 한다. 그래서 "물 갈라질 때는 농지개가 다 나온다"는 말이 생겼다. 사람들이 평소 농 안에 보관하던 좋은 옷을 꺼내 입고 모인다는 뜻이다. 목연클럽 회원들도 매년 봄, 초평을 지나 고개 너머 회동까지 나들이를 했다. 사진을 찍은 날도 아껴둔 '농지개'를 꺼내 단장한 날이었을 것이다. '목연클럽'은 고향의 품을 떠나기 전, 자유롭고 찬란했던 엄마의 시절을 엿보게 해준다.

7

불파마한 날

"그 시절에 한창 유행하던 불파마였다. 파마하다가 머리통이 군데군데 데는 것쯤은 약과였다." 박완서(1931~2011)의 소설 『부끄러움을 가르칩니다』의 한 구절이다. '불파마'라는 단어의 어감이 무시무시하거니와 머리통을 데는 일이 부지기수였다는 말은 움찔하게 만든다. 그럼에도 유행했다고 하니 불파마를 하면 예뻤나 보다.

엄마도 불파마를 했단다. 치마저고리 위에 스웨터를 겹쳐 입은 사진 속 두 여인은 춘자 이모와 엄마다. 각자 한쪽으로 몸을 살짝 비틀어 어깨를 맞대고 한손은 스웨터 주머니에 넣고 서 있다. 사진사가 연출한 포즈로 보인다. 촬영에 앞서 "여기 보면서 거기 왼쪽 처녀 어깨를 조금 더 앞으로 내밀어 봐"라거나 "아니 그렇게 하지 말고"라고 지시하는 사진사의 목소리가 들리는 듯하다. 춘자 이모는 주름진 채 늘어진 '뽀뽀링(포플린, poplin)' 재질의 꽃무늬 통치마를 입었다.

엄마의 치맛단 아래로 발목까지 덮인 줄무늬 속바지가 보인다.

엄마의 치마 부분에 "헤어지면/ 그리우리/ 조~광/ 95. 1. 29"라는 식자가 있다. '95'는 단기 4295년을 줄여 쓴 것이니 이 사진은 1962년 1월 29일에 촬영되었다. 그날은 엄마와 춘자 이모가 초상에서 20리 떨어진 돈지에 가서 불파마를 한 날이었다. 파마 약을 묻힌 머리카락을 둥글게 말고 불에 달군 숯을 넣은 작은 쇠 집게로 고정한 다음 일정 시간이 지나면 웨이브가 생기는 게 불파마였다. 파마하는 동안 머리카락이 타면서 '떽떽떽' 하는 소리가 났고, 실제 머리카락이 타는 일이 허다했다고 한다. 박완서 선생이 소설에서 묘사한 내용과 다르지 않다. 사진의 해상도가 낮아 디테일을 분간하기 어렵지만 제법 곱슬곱슬한 파마였다고 하는데, 춘자 이모의 관자놀이에 둥글게 말린 머리카락이 늘어져 있다.

그날 두 사람이 불파마를 하고 조광사진관에서 사진을 찍게 된 특별한 사연은 '헤어지면 그리우리'라는 문구에 담겨 있다. 갓 스물을 넘긴 춘자 이모는 음력으로 1961년 12월 26일 혼례를 치렀다. 사진을 찍은 1962년 1월 29일이 음력으로는 1961년 12월 24일이니 이모가 시집가기 이틀 전인 셈이다. 엄마와 춘자 이모는 초상에서 함께 산 20여 년 동안 사촌이지만 친자매처럼 막역하게 지냈다. 잠잘 때 외에는 붙어 있고 변소도 같이 다녔다고 할 정도로 친밀한 단짝이었다. 그런 두 사람이 이별을 앞두고 있었으니 '헤어지면 그리우리'라는 표현이 단지 수사가 아니었다.

집에 돌아온 춘자 이모는 "새색시가 안 그래도 이쁜데, 쓸데없이 불파마를 하고 왔다"고 어른들에게 꾸지람을 들었다고 한다. 이

1962년 1월, 불파마하고 찍은
엄마와 춘자 이모 사진(김성철 사진)

모는 키도 크고 누가 봐도 미인이었다. 당시 진도면 포산리에 살던 이숙(이모부)이 이모랑 결혼하고 싶어서 "고무신 열 켤레가 다 닳아지도록 초상을 들락거렸다"라고 한 말이 거짓이 아니었다. 결혼 후 춘자 이모는 이숙이 약방을 운영한 임회면 용호리에서 몇 년간 살았다. 사철 푸른 나무처럼 살라고 지었다는 춘자(椿子, 호적에는 椿心)라는 이름처럼 이모는 우여곡절 속에서도 꿋꿋이 2남 1녀를 키워내셨다.

춘자 이모가 초상을 떠난 이듬해 엄마도 결혼했다. 몇 년 뒤에는 두 사람 다 읍내로 이사해 다시 가까이 살게 되었다. 일평생 서로 의지하며 산 엄마와 이모의 관계를 아는 이숙이 병환으로 돌아가실 때, 이모더러 "이제 동외리 언니랑 재밌게 잘 살게"라고 유언을 남겼다고 한다. 하지만 1년 뒤 엄마도 이모 곁을 떠났다. 엄마 장례식장 바닥에 주저앉아 "언니, 언니" 하며 통곡하던 이모 모습을 잊을 수 없다. 춘자 이모는 지금도 가끔 엄마가 이모 집에 올 때면 저만치 골목에서부터 "철용아" 하고 부르던 엄마 목소리가 들리는 것 같다고 하신다.

'철용'은 이모의 장남 이름이다. 진도에서 엄마 세대 여성들은 상대방을 부를 때 맏이의 이름을 사용한다. 엄마가 춘자 이모를 향해 "철용아"라 한 것처럼 우리 친인척들과 엄마 지인들은 엄마에게 "정애야"라고 불렀다. 엄마 이름이 실종된 것은 물론이고 '정애 엄마'가 아니라 그냥 '정애'로 불린 것이다. 그래서 때로는 할머니가 "정애야"라고 엄마를 부르는 소리에 내가 대답하기도 했다. 그건 진도의 지역적 관습이 아니라 세대 문화인 듯하다.

"어야 내 딸아"는 춘자 이모가 나를 부르는 호칭이다. 전화를 걸든 직접 만나든 언제나 이모가 부르는 내 이름은 '내 딸'이다. 엄마도 이모의 자식들을 '내 딸', '내 아들'이라고 불렀다. 춘자 이모는 암 진단을 받고 몇 년째 투병 중이다. 나의 욕심은 최대한 오래 오래 이모가 "어야 내 딸아" 하고 나를 부르는 정다운 목소리를 듣는 것이다.

8

옛날이야기

엄마는 많은 이야기보따리를 가진 부자였다. 다변가이거나 달변가는 아니었지만, 옛날이야기를 해달라고 조르면 재미있게 풀어내곤 했다. 엄마는 방구(방귀)에 관한 풍부한 레퍼토리를 갖고 있었다. 주로 쌀밥보다 잡곡밥을 먹던 시절이라 방구를 더 많이 뀐 것인지 재미있는 방구 이야기가 참 많았다. 엄마가 갖가지 방구 소리를 흉내내면 다 같이 배꼽이 빠지도록 웃고 또 웃었다.

그중 여러 차례 해준 호랑이 이야기가 잊히지 않는다. 호랑이라는 맹수가 등장하는 공포물이었기 때문이리라. 한여름에 초상마을 사람이 문을 열어 놓고 낮잠을 자다가 호랑이에게 물려가 죽었다는 대목에서는 오싹한 기운이 느껴졌다. 또 깊은 밤중에 뒷산에서 호랑이가 내려오면 마을 사람들이 꽹과리를 쳐서 물리쳤다며, 엄마는 '깽매깽매' 하고 꽹과리 소리를 시연하였다. 당시 나는 '설마 진도에 호랑이가 살았을까' 싶어 이를 믿지 않았다. 필시 누군가 지어낸 얘기가 전해졌을 거라고 생각했다. 엄마도 호랑이를 본 적은 없고 이야기만 전해 들었으니 말이다.

얼마 전, 우연한 기회에 1백여 년 전까지 실제로 진도에 호랑이가 많았음을 알게 되었다. 유명한 '신비의 바닷길'을 탄생시킨 고군면 회동의 '뽕할머니 설화'에도 호랑이가 등장한다. 옛날에 회동에는 마을명이 '호동(虎洞)'이었을 정도로 호랑이가 자주 출몰했다고 한다. 그 때문에 주민들이 가까운 모도로 피신했으나 뽕할머니는 호동에 남게 되었다. 뽕할머니는 가족이 보고 싶어 매일 용왕님에게 기도를 올렸고, 마침내 모도와 호동 뿔치 사이에 2.8킬로미터의 치등(육계도)이 드러나면서 가족들과 해후했지만 곧 숨을 거두었다는 이야기다. 현재 회동에는 뽕할머니 영정을 봉안한 사당이 있다. 또 매년 봄 바닷길이 열리는 날 영등제를 올리고 '진도 신비의 바닷길 축제'를 벌인다.

20세기 초 진도에서 호랑이를 사냥한 사실도 확인된다. 1915년 런던에서 출간된 『아시아와 북미에서의 수렵(Big Game of Asia and North America)』에 실린 내용에 따르면, 사냥꾼 포드 바클레이(Ford G. Barclay)가 1903년경 진도에서 암수 한 마리씩 호랑이를 잡았다고 한다. 책에는 당시에 찍은 사진도 실려 있다. 진도에는 '범 호(虎)'자가 들어간 지명과 공식적으로 확인된 호랑이굴도 많다고 한다. 하지만 그 사이 한반도 전역에서 호랑이가 멸종되었으니 엄마가 해준 호랑이 이야기는 말 그대로 '옛날이야기'가 되고 말았다.

9

화양연화

엄마는 눈에 띄는 피부 미인이었다. 춘자 이모나 주변 사람들이 "동네에서 옷을 제일 잘 입었다"고 할 정도로 패션에 대한 관심도 많았다. 누구에게 배워서가 아니라 타고난 감각의 소유자였다. 1950년대 말~1960년대 초에 촬영한 사진들은 엄마의 안목이 남달랐고 발랄한 기질의 아가씨였음을 보여준다.

여러 장의 독사진 중 하나는 단정한 용모의 정면 반신상이다. 흔히 명함판이라 부르는 사진이지만 공적 용도로 찍은 것 같지는 않다. 그런데 엄마 옷과 헤어스타일이 상당히 공들인 매무새이다. 가르마 없이 살짝 부풀린 올림머리를 하고 색깔 있는 옷고름과 조화시킨 흰 저고리를 입은 것 같다. 눈꼬리까지 부드러운 곡선의 눈썹을 그렸고 분을 바른 살결이 매끈하다. 흑백 사진 특유의 명암 효과가 순박한 여인상의 분위기를 끌어올린다.

엄마 사진(김성철 사진)

안경 쓴 엄마 사진(김성철 사진)

'안경 쓴 영자 씨'에는 엄마의 발랄한 면모가 배어 있다. 비슷한 시기에 촬영한 사진 중 유일하게 웃는 표정인데다 탁자 위에 왼쪽 팔꿈치를 대고 손을 올려 턱에 댄 자세가 여유롭다. 통상적인 정적 포즈의 사진들과 달리 동적 느낌으로 연출한 사진이다. 약간 왼쪽으로 치우친 가르마를 탄 머리에 핀을 꽂았고 옷고름 대신 쥘부채 모양의 브로치로 저고리를 여몄다. 꽃무늬가 오돌토돌한 섬유 재질이 마마 자국과 비슷해서 '곰보 적삼'이라고 불렀다는 저고리와 체크무늬 패턴의 주름치마를 받쳐 입었다. 팔목에 찬 시계와 약지에 낀 반지까지 잔뜩 멋을 부렸다. 둥근 테의 안경은 또 뭔가.

춘자 이모의 전언에 의하면, 이 사진 속 안경은 외할아버지의 돋보기라고 한다. 한번은 춘자 이모가 새로 산 꽃무늬 치마를 빌려 간 적도 있다고 했다. 가끔 엄마는 지게에 곡식을 진 일꾼을 대동하고 20~30리 거리의 돈지나 읍내 장에 가서 곡식을 팔아 사진을 찍었다고 한다. 춘자 이모나 목연클럽 친구들이 동행하는 날도 많았다. 외가의 형편이 곤궁한 편은 아니었고 외할머니는 꾸미기 좋아하는 막내딸을 타박하지도 않았다.

외가에서는 집 안에 베틀을 걸어놓고 옷감을 짰는데 고급 명주도 포함되었다. 또 마을을 드나드는 방물장수에게 갖가지 물감을 사서 직접 염색을 했다. 거기다 엄마는 손이 신하기로 소문난 셋째 올케, 내게는 아짐과 함께 살았다. 진도에서는 엄마의 올케인 외숙모를 아주머니의 사투리인 '아짐'이라 불렀다. 엄마는 솜씨뿐 아니라 성품도 좋은 올케 덕분에 어려서부터 옷이며 댕기며 눈에 띄게 잘 차리고 다녔다. 춘자 이모는 엄마가 "동백꽃잎처럼 빨갛게

물들인 명주 끈으로 머리를 꾸몄는데, 정말 예뻤다"라고 하신다.

엄마는 밭에 나가 일을 하게 되면, 햇볕에 피부가 탈까 봐 무명베에 풀을 먹여 삿갓 모양으로 만든 수건으로 얼굴을 폭 가렸다. 그 덕분에 1년 내내 하얀 피부를 유지했다고 한다. 성냥개비를 태운 숯으로 눈썹을 그렸고, 크림과 분, 연지 같은 화장품도 구해 썼다. 만일 동네 밖으로 나갈 일이 생기면 화장하고 머리를 매만지느라 족히 한 시간은 거울 앞에 있었다. 사실 엄마는 행동이 좀 느려서 뭘 하든 시간이 걸리는 편이었다. 주변 사람들도 엄마의 재주를 인정해서 근방에서 신부 화장을 요청받는 일도 잦았다. 오늘날 같으면 '아마추어 웨딩 메이크업 아티스트'였던 셈이다.

그 시절 초상마을 인근에서는 보기 드문 개성 만점의 아가씨가 우리 엄마였다. 하지만 결혼하면서 마주한 또 다른 세상에서 엄마의 삶은 격변하였다. 10대 후반~20대 초반에 찍은 흑백 사진들이 품고 있는 세상은 '영자 씨'가 다시 돌아갈 수 없는 시절, 바로 '화양연화(花樣年華)'였던 것이다.

제3장

세상 속으로

1

뒤꼭지가 이뻐서

엄마는 내가 머리를 한 갈래로 모아 묶으면, 으레 "내 딸은 뒤꼭지가 이뻐서(이뻐서) 머리를 묶으면 더 이뻐"라고 했다. '뒤꼭지'는 '꼭뒤'의 사투리로 뒤통수를 의미한다. 그런데 엄마가 유달리 뒤태에 관심이 많았던 것 같기도 하다. "엄마는 아버지의 어떤 점이 좋아서 결혼했어?"라고 물을 때마다 곧바로 "뒤꼭지가 이뻐서"라고 답했기 때문이다. 맨 처음 그 얘기를 들었을 때, 전혀 예상치 못한 답변이라 "정말?" 하고 되물었지만 엄마의 답은 한결같았다. 춘자 이모에게도 "느그 형부 뒤꼭지가 이뻐서"라고 했다고 한다. 정자 이모도 똑같은 얘기를 들었다고 하니 지어낸 얘기가 아님이 분명하다. 엄마는 아버지의 뒤통수에 반해서 결혼한 셈이다.

부연 설명에 따르면, 창포리에서 초상마을로 시집온 집안 어른이 중매쟁이 역할을 했다. 양가에 혼담이 오가면서 어느 날 아버지가 외가를 방문했다. 그런데 아버지는 예비 장인 장모를 뵈었을 뿐 당자자인 예비 신부와 대면하는 자리는 갖지 못했다. 1960년대인데도 그런 결혼 풍속이 통하고 있었던 것이다. 그 시각 엄마는 정재(부엌)에서 일하는 척하며 안방의 눈치만 보고 있어야 했다. 잠시 후 엄마는 인사를 마치고 집을 나서는 아버지 뒷모습을 보게 되었다.

그때 엄마의 시선이 꽂힌 아버지의 뒤꼭지가 영화배우 최무룡(1928~1999)의 뒤꼭지와 닮아 보였다고 한다. 최무룡은 1954년에 영화 〈탁류〉로 데뷔하였고 그즈음 1년에 수십 편의 작품에서 주연을 맡을 정도로 왕성하게 활동했던 배우이다. 또한 당대 최고의 미남 스타로 떠올라 젊은 여성들 사이에 선망의 대상이었다. 그런 최무룡의 외모가 엄마의 이상형에 가까웠나 보다.

당시 엄마는 어디서 어떻게 최무룡의 영화를 본 것일까. 관련 자료를 찾아보니 1948년 진도읍 성내리에 흙벽을 세우고 양철 지붕을 덮은 '진도극장'이 생겼으나 불안정한 시대 상황으로 인해 극장다운 극장으로 발전하지 못했다. 1962년에 문을 연 옥천극장은 내가 초등학생 시절, 여러 차례 단체 관람을 했던 곳이다. 또 우리집 삼남매가 처음으로 만화영화 〈로보트 태권브이〉를 만난 곳도 옥천극장이었다. 하지만 운영에 어려움을 겪다가 1978년에 폐관하였다.

흥미롭게도 1950년대 의동국민학교 운동장에 가끔 이동식 가설극장이 들어왔다고 한다. 그때는 무성영화 시대라 극의 내용과 배우들의 대사를 설명해 주는 변사가 있었는데, 의신면 욕실 사람

젊은 시절 아버지 사진(김성철 사진)

이 맡아서 했단다. 나 역시 어릴 때 공터나 장터에 설치된 이른바 '나이롱 극장'에서 창극단의 공연을 구경한 적이 있다. 허름한 천막 안에서 노래하고 춤추던 창극 배우들의 화려한 의상과 진한 화장이 매우 인상적이었다.

비록 시설은 열악하고 영상의 품질도 떨어졌겠지만, 그 시절 초상에서 가까운 의동국민학교 운동장에 들어선 가설극장 소식은 엄마와 친구들에게 신바람나는 뉴스였을 것이다. 흑백 사진조차 찍기 어려웠던 시절에 활동사진을 감상할 수 있다니 얼마나 설레었을까. 영화의 주인공으로 등장하는 선남선녀의 모습은 또 얼마나 멋있었겠는가. 정확히 어떤 작품이었는지 제목은 알 수 없지만, 최무룡 주연의 영화도 가설극장에서 상영되었을 것이다.

아버지와 최무룡의 공통점을 찾아보니, 곱슬머리인 점이 같다. 그래서 뒤꼭지가 비슷해 보였을 수 있다. 엄마 눈에 최무룡을 닮은 뒤꼭지의 소유자인 아버지는 근동에 훤칠한 미남으로 알려진 청년이었다. 또한 아버지는 결혼을 앞둔 1963년 1월에 '사무계 1부 지방4급 을류 임용고시'에 합격하였다. 말하자면 잘생기고 건실한 젊은이였다고 할 수 있다. 물론 엄마도 아버지에 대한 평판을 모르지 않았을 것이다. 엄마의 '뒤꼭지가 이뻤다'는 주장은 뒷모습마저 잘났다는 뜻이 아니었을까. 아무려면 그때나 지금이나 청춘남녀의 외모에 대한 관심이 달랐겠는가.

2

혼서

아버지의 서랍 속에서 발견된 문서 두 점. 부모님 혼례 관련 연길단자(涓吉單子)와 납폐서(納幣書)이다. 모두 한지에 묵서하였고 한지로 만든 봉투와 '삼가 봉합니다'라는 의미의 '근봉(謹封)'이라 쓴 둥근 고리 띠까지 온전히 남아 있다. 부모님 생전에 한 번도 본 적 없는 유품이다. 고문서 전문가인 한국학중앙연구원 박성호 교수의 도움을 받아 그 내용을 살펴보았다.

먼저 '연길단자'는 혼례일을 정하는 문서인데, 크기는 세로 29.8센티미터, 가로 55센티미터이다. 봉투 겉면에 "허 생원 댁에 들입니다(許生員宅 入納)"라 쓰여 있다. 연길단자에 세로로 묵서된 내용의 번역문과 원문은 아래와 같다.

연길단자

신랑 을해생(1935) 화

신부 경진생(1940) 금

대례일은 계묘년(1963) 음력 정월 12일(기묘)

우귀일은 동월 동일

문 들어가고 인사하는 방향은 임병 방향으로

옷농 두는 방향은 임병 방향으로

주당 및 제살은 꺼릴 게 없음

임인년(1962) 12월 초6일 밀양후인 박영배 배상

涓吉單子

乾 乙亥 火

坤 庚辰 金

大禮 癸卯年陰正月十二日己卯

于歸　　同月同日

入門　　壬丙方

抵問

衣籠　　壬丙方

周堂　　無忌

諸殺

壬寅年十二月初六日 密陽后人 朴英培 拜上

그 내용은 신랑 신부의 사주와 혼례일, 신부가 신랑을 따라 시댁으로 가는 날인 우귀일, 그리고 부수적인 당부 사항으로 채워졌

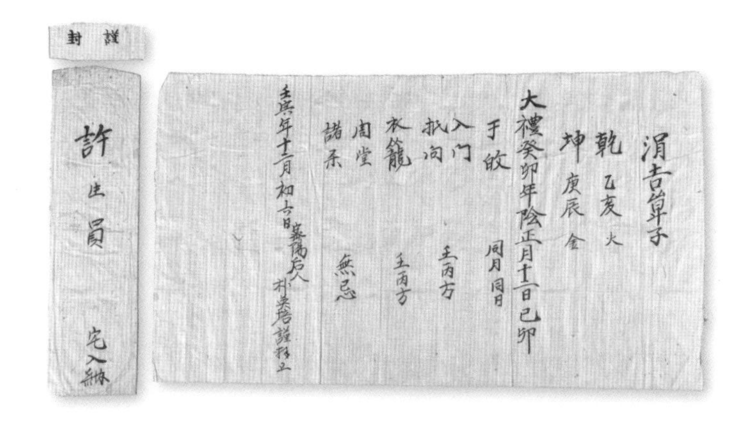
謹封

許生員 宅入納

涓吉單子
乾 乙亥 火
坤 庚辰 金
大禮癸卯年陰正月十一日己卯
于皈 同月同日
入門
抱向 壬丙方
衣籠 壬丙方
周堂
諸忌 無忌
壬寅年十二月初六日 密陽后人 朴英培 謹拜上

연길단자, 종이에 묵서, 29.8×55.0cm(김성철 사진)

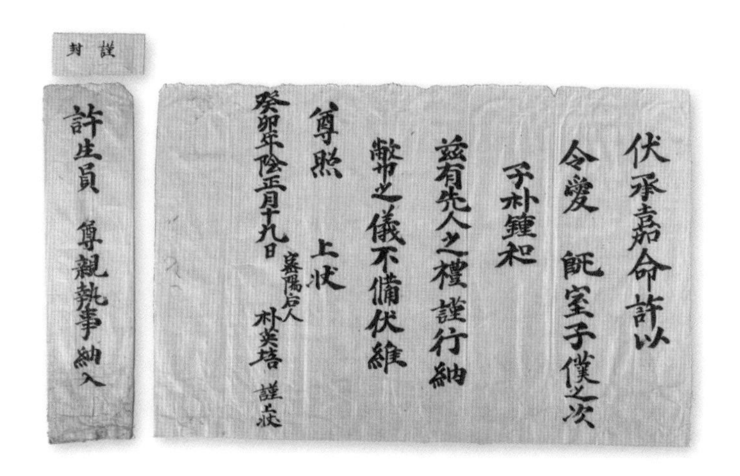
謹封

許生員 尊親執事 納入

伏承嘉命許以
令愛 貺室子僕之次
子朴鍾杞
玆有先人之禮謹行納
幣之儀不備伏維
尊照 上狀
癸卯年陰正月十九日 密陽后人 朴英培 謹狀

납폐서, 종이에 묵서, 35.5×55.5cm(김성철 사진)

다. 음력으로 1962년 12월 6일에 나의 친할아버지 박영배가 작성하여 외할아버지 허 생원 앞으로 보낸 문서이다. 이듬해 1월 12일로 정한 혼삿날을 한 달여 앞두고 작성되었다. 박 교수는 "일반적으로 연길단자에는 신랑 신부의 사주와 혼례일만 적어 보내는데, 혼례일 외에도 여러가지 부가적 기록이 포함된 것은 당시 진도 지역의 관습을 따른 것으로 보인다"는 견해를 나타냈다. 부모님의 생년이 호적보다 1년씩 빠른 실제 연도로 기입되었다. 신부 집에서 예식을 마치고 당일에 신랑 집으로 우귀하기로 했음도 확인된다.

또 하나 '납폐서'는 정혼의 표시로 신랑 측에서 신부 측에 예물을 보내는 납폐 관련 문서이다. 봉투 겉면에 "허 생원 댁 집사 앞으로 들입니다(許生員 尊親執事 納入)"라고 묵서되어 수령인이 외할아버지임을 알 수 있다. 문서 크기는 세로 35.5센티미터, 가로 55.5센티미터이며 서풍(書風)이 '연길단자'와 다르다. 한지에 약간 굵은 먹글씨로 쓴 내용은 다음과 같다.

> 삼가 보내주신 아름다운 명을 받아보니, 댁의 따님을 저의 차남 박종화의 아내로 주시겠다고 이미 허락하셨습니다. 이에 선인들의 예법에 따라 삼가 납폐의 예를 행합니다. 예를 충분히 갖추지 못하였으나, 굽어 살펴주시기 바라오며 글을 올립니다.
>
> 계묘년(1963) 음력 정월 19일 밀양후인 박영배 삼가 올림.
>
> 伏承嘉命 許以

令愛 旣室子僕之次

子朴鍾和

玆有先人之禮 謹行納

幣之儀 不備 伏維

尊照 上狀

癸卯年陰正月十九日 密陽后人 朴英培 謹上狀

여기엔 몇 가지 이상한 점이 있다. 우선 신랑 이름인 '종화(鍾華)'가 '종화(鍾和)'로 오기되었다. 그리고 작성일이 '연길단자'에 적힌 혼례일보다 1주일 늦은 1963년 1월 19일로 되어 있다. 현재로선 혼례일이 미루어진 것인지, 다른 사정이 있었던 것인지 확인할 방법이 없다. 또한 신부에게 보낸 예물의 구체적인 내용도 알 수 없다. 부모님으로부터 당시 어떤 예물이 오갔는지 들은 바가 없다. 그럼에도 1960년대 초 진도에서 통용된 전통혼례 풍속을 엿볼 수 있는 자료여서 그 자체만으로도 의미가 있다. 내게는 엄마와 아버지가 부부의 연을 맺는 과정에서 작성한 문서이니 더욱 각별하다.

3

결혼하다

엄마는 유난히 '뒤꼭지가 이쁜' 아버지와 음력으로 1963년 1월 12일, 양력으로는 2월 5일에 부부의 연을 맺었다. 초상마을 외갓집에서 치른 혼례기념 사진 두 장이 남아 있다.

하나는 마당에 깐 멍석 위에 설치한 초례청의 신랑신부를 클로즈업한 사진이다. 병풍을 배경으로 커다란 꽃다발을 든 엄마와 아버지가 초례상 앞에 나란히 서 있다. 신부는 화려한 원삼을 입고 검은 비단에 패물을 장식한 '꾸민 족두리'를 머리에 썼다. 약간 곱슬거리는 머리 모양으로 미루어 엄마가 혼례를 앞두고 불파마를 한 것 같다. 얼굴 왼쪽에 쪽진 머리를 장식한 '쪽댕기'가 보인다. 앞머리 한가운데 가르마를 타는 전통 쪽머리 스타일과는 차이가 있다.

신부 화장은 필시 엄마가 직접 했을 터인데, 성냥개비를 태운 숯으로 눈썹을 진하게 그렸다. 양 볼에 찍은 연지는 흑백 사진이라

1963년 부모님 결혼 기념사진(김성철 사진)

안 보인다. 당시에는 인주 통처럼 생긴 작은 통에 담긴 붉은 가루분을 붓에 묻혀 빰 위에 발라 연지를 찍었다고 한다. 아마도 연지의 원재료는 붉은색을 내는 천연 염료인 잇꽃(홍화)이었을 것이다. 어여쁜 신부 곁에 서 있는 헌칠한 신랑은 사모관대를 한 채 긴장한 표정으로 정면을 응시하고 있다. 넓은 이마와 숱이 많은 진한 눈썹, 코가 오뚝한 미남자상(美男子像)이다.

다른 하나는 단체로 찍은 기념사진이다. 신랑신부를 중심으로 5명의 남성과 2명의 여성이 함께 촬영하였다. 파마머리 한복 차림의 여성 2명은 잔칫날에 걸맞게 고급 한복으로 성장(盛裝)하였다. 한겨울이라 오른쪽 여성은 저고리 위에 솜을 넣은 배자를 덧입었다. 남성들은 양복 차림인데, 오른쪽 끝에 선 남성은 칼라에 털이 달린 점퍼를 착용하였다. 이들은 모두 연령대가 신랑신부와 비슷해 보인다. 그중 왼쪽에서 두 번째 남성은 아버지와 절친했던 하일용 아저씨여서 모두 신랑의 친구들로 추정된다. 앞줄 두 여성은 엄마에게 조카뻘인 허상순과 허옥자로 예식을 마친 후 신랑 집으로 이동하는 우귀(于歸)를 도왔다.

이외에도 가족 친지들과 찍은 단체 사진이 있을 법한데 사진첩에 들어 있지 않다. 다만 단체 사진의 왼쪽 병풍 뒤에서 살짝 얼굴을 내민 남성은 셋째 외삼촌이다. 손위 형들이 태평양전쟁에서 전사하는 바람에 장남이 된 외삼촌도 수년 전에 별세하였다.

혼례식에 사용한 8폭 병풍 중앙에 따로 써 붙인 축문의 일부가 보인다. 그로부터 12년 전에 치러진 호심 이모의 혼례식에 사용한 〈책가도〉 병풍과 다른 〈화훼영모도(花卉翎毛圖)〉 병풍이다. 오른

1963년 부모님이 혼례를 마치고 하객들과 찍은 단체 사진(김성철 사진)

쪽 제1폭부터 각 폭에 모란·소나무·학·등나무·대나무·호랑이·봉황 등 길상적 소재가 그려졌다. 나는 학 그림에 관한 연구를 한 적이 있는데, 기품이 넘치는 학은 예로부터 상서로운 영물(靈物)로 인식되었다. 생태적으로 학은 습지에 서식하므로 소나무 위에 앉지 않는데, 시대가 내려오면서 '송학(松鶴)'의 도상이 만들어졌다. 특히 20세기 이후에는 평생 일부일처를 고집하는 학의 습성을 끌어와 송학도(松鶴圖)가 장수 혹은 부부해로를 축원하는 그림으로 통용되었다. 외갓집 초례청에 펼친 병풍 속 소나무와 학도 신랑신부의 백년해로를 비는 '송학동춘(松鶴同春)' 이미지일 것이다.

흑백 사진이지만 이 병풍 그림은 진한 채색 물감을 써서 그린 채색장식화로 추정된다. 사진의 해상도가 낮아 분석하는 데 한계가 있지만, 각 폭의 구도와 묘사 수준이 예사롭지 않다. 흔히 민화(民畵)라 불리는 떠돌이 화공의 솜씨 같지 않은 느낌은 이미 이모의 혼례식에 쓰인 〈책가도〉 병풍에서도 감지되었다.

우리 외가와 친가가 자리한 의신면에는 남도 화맥의 시조로 평가되는 소치(小痴) 허련(許鍊, 1809~1892)의 화실 운림산방(雲林山房)이 있다. 허련 이후 진도에서 유독 많은 화가들이 배출된 점을 떠올리면, 비록 작은 시골 마을의 결혼식에 쓰인 병풍일지라도 전문화가의 작품일 가능성이 높다. 더욱이 허련과 본관이 같은 외가의 친인척 중에 화가가 여럿 있다. 우리집 둘째인 여동생도 미술대학 출신이다. 하지만 혼례식 전후에 이 병풍들이 제작, 전승된 내력은 알 수 없다.

신랑신부 앞에 있는 커다란 교배상 위에 제기에 담은 생선·과일·통닭·흰떡 등이 차려져 있다. 대나무 가지를 꽂은 백자 병이 초례상 양옆 멍석 위에 놓여 있다. 큰상 앞에 놓인 작은 상에는 촛대 2개와 장식이 화려한 도자기 술병 등이 있다. 작은 상 좌우에 놓인 둥근 상과 양은냄비, 기타 여러 가지 물건이 보인다. 모두 전안례·교배례·합근례 순서로 진행된 예식에 쓰인 것들이다.

이날 대례를 마친 신랑과 신부는 외가에서 마련한 다담상을 받은 후 각각 말과 가마를 타고 우귀, 즉 신행에 나섰다. 이때 관습대로 창포리 신랑 집까지 신부 집안의 어른 한 사람과 사진 속 조카들이 동행했다고 한다. 엄마는 신방에 입실해 폐백의 예를 행한 후 시가에서 준비한 신부상을 받았을 것이다. 신부의 우귀에 따라간 사람들은 술과 음식을 대접받은 후 초상마을로 되돌아갔다. 이로써 '영자 씨 인생의 제2막'이 시작되었다.

4

창포리 112번지

잠을 깨자마자 방문을 박차고 나갔다. 댓돌 위 신발을 신는 둥 마는 둥하고 뒤안으로 뛰어갔다. 돌담 아래 수풀을 헤집으며 몇 걸음 옮기다가 넓적한 초록 잎 사이에서 빠알간 열매를 찾아냈다. 그날 아침의 수확은 한 알뿐이었다. 그래도 일찍 일어난 보람이 있었다. 그것은 루비처럼 반짝이는 산딸기였다.

의신면 창포리 112번지 본가 뒤안 담벼락을 따라 산딸기나무가 심어져 있었다. 요즘 시장에 나오는 것보다 열매가 크고 과즙이 풍부한 야생 산딸기였다. 딸기가 익는 계절에 본가에 머물게 되면 아침마다 산딸기를 차지하기 위해 '일찍 일어나는 새 나라의 어린이'가 되곤 했다. 산딸기나무는 할아버지가 산에서 옮겨 심은 것이라고 했다.

당시 우리 가족은 읍내에 살았지만 수시로 본가를 오갔다. 집

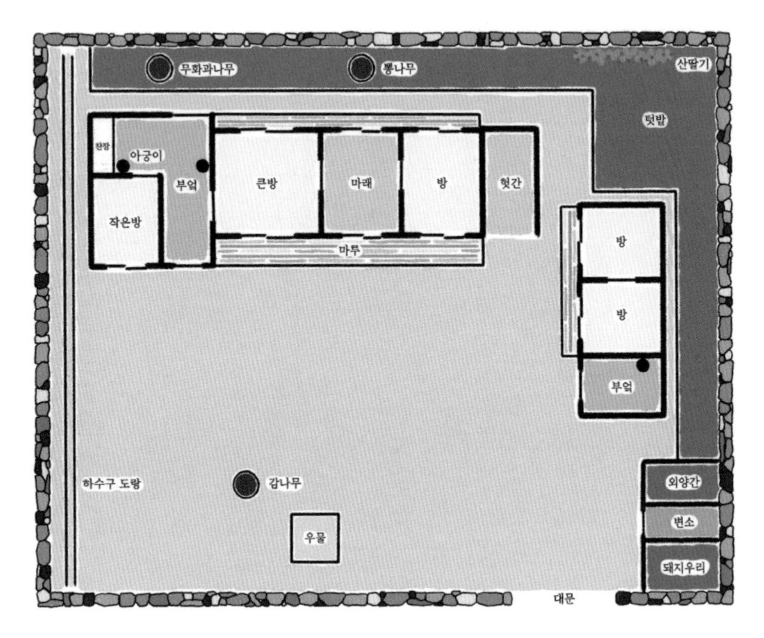

박준형 작가가 재현한 창포리 본가의 옛집 일러스트

안 행사 또는 농사철, 그리고 방학 기간까지 연중 창포리에서 보내는 시간이 적지 않았다. 지형지세가 배산임수(背山臨水)의 요건을 갖춘 창포리는 남쪽의 야트막한 산을 등지고 앞에는 꽤 큰 하천이 흐른다. 그 같은 입지로 인해 북향집이 많았다. 밀양 박씨가 대부분이었던 주민들이 산과 하천 일대 전답을 일구며 사는 전형적인 농촌이었다.

본가의 옛집은 하천 둑 위 팽나무 공터에서 남쪽 방향 산으로 연결된 오르막길 끝자락에 자리했다. 한밤중 불꽃이 살랑거리며 어둠을 밀어내던 호롱불의 기억이 아슴아슴하다. 1960년대 말

마을에 전기가 들어오기 전까지 밤을 밝히는 건 호롱불이 전부였다. 문이 달려 있지 않은 대문을 들어서면 마당을 중심으로 이엉을 덮은 초가와 오른쪽의 기와를 얹은 행랑채가 시야에 들어온다. 본채는 작은방과 정재(부엌), 큰방(안방), 마래, 작은방, 창고가 일(一)자로 연결된 구조였던 것 같다. 아담한 규모의 행랑채 구조는 작은방, 큰방, 부엌으로 이루어졌다. 그 옆으로 담벼락에 붙어 있는 외양간, 변소, 돼지우리가 있었다. 행랑채 부엌에서는 커다란 가마솥에 쇠죽을 끓이곤 했다.

마당 건너편 우물가에는 감나무가 한 그루 있었다. 본채 끄트머리 광에 볏짚이 쌓여 있었고 한쪽에 짚둥우리가 걸려 있었다. 둥우리 안에서 갓 낳은 계란을 꺼내면 따뜻한 온기가 손바닥의 신경을 타고 퍼졌다. 할머니는 계란을 열 개씩 볏짚으로 포장해 오일장에 내다 팔았다. 부엌 앞에는 기다란 소나무 가지를 절반으로 잘라 속을 파낸 '백구'의 밥그릇이 놓여 있었다. 날마다 소와 돼지, 닭, 개 등 가축들의 먹이를 대는 일만으로도 품이 많이 들었다.

본채와 행랑채 뒤편은 과실수와 채마를 가꾸던 뒤안으로 꽤 넓었다. 본채 부엌 뒷문을 열면 좁은 하수도랑 옆에 무화과나무가 있어서 가을에는 무화과가 주렁주렁 열렸다. 때가 되면 돌배나무에 작고 단단한 배가, 개복숭아나무에 작은 복숭아가 달렸다. 개복숭아나무 주변에 손바닥 모양의 커다란 잎과 뾰족한 가시가 돋은 열매가 맺히는 피마자(아주까리)나무들이 있었다. 그중 내가 좋아한 나무는 뽕나무였다. 누에의 먹이가 뽕나무였기 때문이다.

초등학교에 입학하기 전이었나 보다. 할머니가 작은방에서 누에를 쳤다. 방안에 설치한 층층의 시렁 위에 뽕잎과 누에들이 뒤죽박죽 섞여 있었다. 꼬물꼬물 기어 다니는 누에들을 보면 몸이 움찔거렸다. '두두둑' 하는 소낙비 소리를 내며 뽕잎을 갉아먹는 누에들이 귀엽기도 했다. 집 밖에 뽕밭이 따로 있었지만, 나는 뒤안에 있는 뽕나무에서 뽕잎을 따다가 소형 무쇠 칼로 조심조심 썰었다. 그리고 시렁에 뿌린 다음 누에가 뽕잎을 갉아 먹는 모습을 지켜보곤 했다. 말 그대로 친환경 소꿉놀이였다.

현대식 농기계가 보급되기 전 전통 농기구에 의존했던 농사일은 끝이 없었다. 새끼를 꼬는 일부터 가마니와 덕석(멍석), 짚방석 등을 짜는 일도 집에서 이루어졌다. 엄마와 할머니는 삼시세끼는 물론이고 들에 내갈 새참을 준비하고 농주를 내렸다. 당시 일반 가정에서 누룩을 빚는 일은 금지되어 있었지만 할머니는 누룩 빚는 일을 포기하지 않았다. 떡과 전, 생선, 나물, 식혜 같은 각종 행사 음식도 집에서 준비했다.

가마솥에 떡을 할 때는 시루와 솥의 연결 부위로 열이 새는 것을 막기 위해 밀가루를 반죽해 붙였다. 시루의 사투리인 '시리'에서 나온 '시리뻰'이 그것인데, 무쇠 프라이팬에 구운 빵 맛이 나서 아이들이 좋아했다. 마당에 따로 건 철제 화덕 위에 가마솥 뚜껑을 뒤집어 얹고 전을 부쳤다. 지글지글 기름이 끓는 소리와 고소한 냄새는 특별한 날임을 알리는 신호였다. 제사를 지낸 후에는 음식을 골고루 나누어 참석한 친인척들에게 들려 보냈다. 변변한 포장지가 없던 시절이라 신문지나 밀가루 포대를 잘라 음식을 쌌다. 그러다 보니 떡과 전, 과일이 한데 섞였다. 할아버지가 친척집에서 가져

북쪽 하천 건너편에서 조망한 의신면 창포리 전경.
중앙의 야산 중턱에 엄마 산소가 있다.(김성철 사진, 2024)

온 제사 음식에도 전 기름에 절여진 사과 한 조각이 들어 있곤 했다. 마지막으로 절편이나 시루떡을 집집마다 돌렸다. 나는 커다란 떡 동구리를 이고 나선 엄마를 따라 온 동네를 순회했다.

그곳에서 나는 칠흑 같은 어둠 속을 걸어 봤고 내 몸을 휘감는 새벽 공기의 감촉을 느껴봤다. 추수를 마친 빈 들판, 찬 서리가 덮인 산야, 앞이 안 보이는 장대비 속을 뛰어다녀 봤다. 무더운 여름이면 귀에 물이 들어갈까 봐 쑥을 뜯어 막고 냇물에서 미역을 감았다. 절기에 맞춰 온갖 작물을 심고 가꾸고 수확하는 과정을 접할 수 있었다. 그야말로 창포리는 내게 많은 것을 선물했다. 문명의 이기에 잠식되기 전 주민들이 서로 돕고 나누며 살았던 공동체 문화의 체험은 내 가치관을 형성하는 데 영향을 미쳤다. 하지만 내게 놀이터였던 창포리가 엄마와 어른들에게는 치열한 삶의 현장, 곧 일터였다.

5

창포리 소년

바투 깎은 머리에 깃이 달린 학생복 상의와 반바지, 낡은 운동화 차림의 소년. 그는 입을 앙다문 채 정면의 카메라 렌즈를 응시하고 있다. 긴장한 표정의 이 소년이 바로 아버지다.

사진 속 의자에 앉은 앞줄 3명 중 가운데 나란한 남녀가 친가의 할머니와 할아버지다. 할아버지 오른편에 앉은 남성은 한 동네 살던 작은 할아버지로 추정된다. 할머니 왼편에 쪽진 머리, 한복 차림 여성이 서 있고, 그 옆에 외동딸이었던 고모로 짐작되는 댕기머리 처녀가 자리 잡았다. 뒷줄 세 명의 소년은 아버지의 형들로 보이는데, 모두 상반신이 드러나도록 말린 덕석 위에 서 있다. 아버지는 맨 오른쪽 흙 마당에 꼿꼿한 자세로 서 있는 삐쩍 마른 소년이다. 5남 1녀 중 막둥이였던 아버지 부분에 유난히 짙은 음영이 드리워져 있는데, 실제 아버지는 피부색이 까무잡잡했다.

1944년경 본가 마당에서 촬영한 아버지 가족사진(김성철 사진)

언젠가 아버지가 아홉 살 때인 1944년 무렵에 찍은 가족사진이라고 했었다. 당시 할아버지와 할머니 나이는 40대 후반이다. 할아버지를 비롯해 남자들은 군복과 유사한 옷을 입었는데, 이른바 '국민복(國民服)'이다. 국민복은 일제가 전시체제에 맞춰 개조한 양복으로 1940년대로 접어들면서 법령까지 제정해 통상복으로 착용하게 하였다. 색깔은 녹갈색 계통으로 통일되었고 남녀 어른뿐 아니라 청소년용 '학생복'에도 적용하였다. 해방 후 할아버지는 일제의 강요에 의해 입었던 국민복을 벗어 던진 듯하다. 내가 본 생전의 할아버지는 늘 한복을 입고 있었기 때문이다. 평상시에는 바지저고리를 착용했고 용무가 있어 출타할 때는 계절에 관계없이 긴 두루마기에 중절모, 흰 고무신 차림이었다.

이 사진은 해방 직전 남녘의 섬 지방까지 뻗친 일제의 국민복 장려 정책의 위력을 실감케 한다. 그런데 총 9명의 남녀노소 인물들이 한자리에 모여 사진을 찍게 된 사연이나 개별 인물들에 대한 설명은 들은 기억이 없다. 아버지가 얘기를 해줬는데 내가 잊어 버렸는지도 모르겠다. 그때는 아버지의 어린 시절 모습을 보는 게 재미있었을 뿐 가족사에 별 관심이 없었으니 말이다. 다만 높은 반침(마루)과 창호지를 바른 큰방 문, 목재 문짝, 반침 밑의 메꾸리(망태기) 등을 보자마자 이곳이 창포리 112번지 본가라는 걸 알 수 있었다. 1980년대 초 큰아버지가 초가를 허물고 개량 한옥으로 재건축하기 전, 옛집이다.

이 집에서 태어나 성장기를 보낸 아버지는 그해 국민학교에 입학했다. 그리고 '의신국민학교 제26회 졸업기념(義新國民學校第26回

1950년 아버지 의신국민학교 졸업사진(김성철 사진)

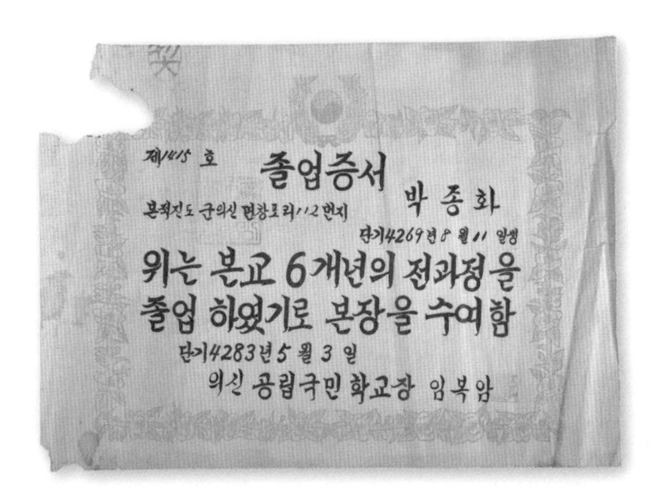

제1415 호
졸업증서
본적진도 군의신 면창포리112 번지
박 종 화
단기4269년8 월11 일생
위는 본교 6개년의 전과정을
졸업 하였기로 본장을 수여함
단기4283년5 월3 일
의신 공립국민 학교장 임 복 암

1950년 아버지 의신국민학교 졸업장(김성철 사진)

卒業記念) 단기 4283년 5월(月)'이라 기입된 사진을 통해 1950년 봄에 졸업했음이 확인된다. 제법 규모가 있는 근대식 학교 건축을 배경으로 일군의 교사와 남녀 졸업생들이 정렬하였다. 맨 앞줄에 한복 저고리와 통치마 차림의 여학생 17명이 앉았고, 다음 줄에 17명의 교사가 도열했는데, 여자 선생 한 명이 포함되어 눈길을 끈다. 나머지 100여 명은 남학생으로 모두 일제가 보급시킨 '학생복'을 입었다. 졸업사진의 촬영 시기가 한국전쟁이 발발하기 직전이라 특별한 감회를 자아낸다. 3년 후에 찍은 엄마의 졸업사진과 비교해 보면, 면소재지의 학교답게 교사 수는 2배, 학생 수는 3배에 달한다. 만일 1944년에 초사리 분교, 즉 의동국민학교의 전신이 생기지 않았다면 엄마와 아버지는 선후배로 같은 국민학교에 다녔을 것이다.

졸업사진 속 아버지는 교사들 바로 뒷줄, 오른쪽에서 여섯 번째 학생이다. 머리 모양과 복장은 가족사진의 어린 소년과 차이가 없다. 하지만 얼굴 표정과 체구는 그 사이 10대 중반의 청소년으로 성장했음을 보여준다. 이 창포리 소년은 훗날 자신의 고향에서 면장을 지내다가 정년을 맞았다.

6

전축과 화투

1970년대 초, 창포리 본가에 자그마한 전축이 생겼다. 뚜껑을 열고 원형 턴테이블 위에 커다란 엘피(LP) 판을 올리고, 이어서 회전판이 움직이기 시작하면 곧장 음반 가장자리에 바늘을 올려야 했다. 빙빙 도는 음반의 트랙 위에 바늘을 떨굴 때는 잠시 숨을 멈춰야할 만큼 긴장하곤 했다.

70대 후반에 접어든 할아버지와 할머니가 주로 듣는 음악은 국악이었다. 흐릿한 기억이긴 하나 종이 재질의 음반 재킷에 박초월·박동진·김소희 등 한복 차림 명창들의 사진이 인쇄되어 있었다. 나는 그 전축 덕분에 일찍이 춘향가·흥보가·심청가 같은 판소리 완창을 접할 수 있었다. 남도민요와 경기민요 모음집도 있었다. 속사포처럼 빠른 말로 풍자적 이야기를 주고받는 '장소팔과 고춘자의 만담(漫談)'은 언제 들어도 재미있었다.

1956년 할아버지 회갑 때 찍은 아버지와 오우회 친구들 모습
(김성철 사진)

농한기인 겨울밤에는 저녁상을 물린 후 방 한가운데 숯불을 채운 놋화로가 놓였다. 현재 유품으로 남은 그 화로의 온기가 써늘한 웃풍을 다독였다. 놋화로는 1956년 할아버지 회갑 때 아버지가 속한 오우회(五友會) 친구들이 선물한 것이었다. 당시 찍은 기념사진이 있는데, 할아버지 뒤편의 맨 왼쪽 청년이 아버지다. 바닥에 놓인 새 놋화로가 보인다.

그 화롯불 옆에서 가끔 할머니와 할아버지는 전축을 틀어놓고 민화투를 쳤다. 나도 어깨 너머로 48장의 화려한 그림 딱지에 걸린 규칙을 익힌 다음 화투판에 끼어들었다. 덕분에 내가 배운 유일한 화투놀이가 민화투이다. 할머니는 말년까지 카키색 군용 담요를 깔아놓고 혼자서 화투장을 엎었다 뒤집었다 하며 운세 보기를 했다.

7

목화밭

꿈인 듯 생시인 듯 심연 깊은 곳에서 가끔씩 올라오는 장면이 있다. 어느 가을 해질녘, 나는 창포리 본가에 있었다. 밭에 나간 엄마가 보이지 않았다. 높은 지대에 있는 본가 마당을 가로질러 팽나무가 있는 동구를 향했다. 수령 2백 년의 팽나무는 마을의 당산나무였다. 사방으로 뻗은 무성한 팽나무 가지 아래 공터는 마을 행사장이자 아이들의 놀이터였다.

저 멀리 팽나무 옆에 있는 밭에서 목화를 따는 엄마가 보였다. 옆에 같이 목화를 따고 있는 아주머니가 한 명 더 있는데, 누구인지 분간되지 않았다. 나는 논두렁을 따라 내려가며 "엄마아" 하고 목청껏 외쳤다. 뒤이어 조금 더 옥타브를 올려 엄마를 부르는 내 목소리가 희끄무레한 저녁 공기를 뚫고 퍼졌다.

창포리 팽나무(김성철 사진, 2024년)

8

닻머리

삐비

창포리 본가를 나온 엄마는 어린 아들을 등에 업고 두 딸을 걸린 채 농로를 따라 이동했다. 아버지는 군청에 출근하고 엄마만 아이들을 데리고 본가에 다녀가는 길이었다. 가단리 초입 '닻머리'에서 읍내로 가는 버스를 타야 했다. 근래까지 나는 '당머리'로 발음하면서 지형이 닭대가리를 닮아 '닭머리'라는 지명이 붙었을 거라고 추정하고 있었다. 그런데 '닻머리'였다.

20여 년째 마을 이장직을 맡고 있는 창원 오빠의 증언에 따르면, 옛날에 배를 댄 곳이어서 닻머리라는 이름이 붙었다고 한다. 하지만 닻머리 주변에 배가 정박할 수 있는 강이나 바다가 없어서 의아하다. 창포리 팽나무 밑에서 닻머리까지는 어른 걸음으로 10여 분이면 갈 수 있었지만 아이들이 딸린 엄마는 두 배 이상 걸려 도착했다. 다 같이 산모퉁이 비탈에 앉아 언제 올지 모르는 버스를 기다렸다. 버스가 제 시간에 도착하는 일이 드물었던 때다.

봄이었다. 앉은 자리 주변에 잔디처럼 생긴 야생초 삐(띠)가 널려 있었다. 엄마는 삐의 새순인 삐비(삘기)를 뽑은 다음 나와 동생들에게 손바닥을 펴보라고 했다. 그리고 기다란 삐비를 나선형으로 빙빙 돌려 원을 만들고 그 아래 삐비 다리를 붙여놓고 오징어라고 했다. 하얀 삐비는 씹으면 비릿한 단맛이 났다. 산과 들에 쌔고 쌘 것이 삐비였고 껌처럼 질겅질겅 씹혀서 시골 아이들이 좋아하는 간식이었다. 애들이 심심해 하니까 엄마가 삐비 오징어를 만들어 준 것이다. 엄마는 버스가 흙먼지를 일으키며 달려올 때까지 계속 삐비 껌을 만들어 삼남매의 지루함을 달래줬다.

9

장수상과

효부상

나의 친할머니 강천심 여사는 고종이 대한제국을 선포한 해인 1897년 3월, 의신면 청룡리에서 태어났다. 일생 동안 한일합방과 일제강점기, 해방과 분단, 6.25 동란, 4.19 혁명, 5.18 광주민주화운동, 6월 민주 항쟁, 그리고 아이엠에프(IMF)까지 다 겪고 1999년 봄에 별세하였다.

할머니는 아직 10대일 때 두 살 연상의 창포리 청년 박영배와 혼인했고 1920년에 첫 아들을 얻었다. 할머니는 글자를 깨우칠 기회를 얻지 못했으나 기억력이 좋았다. 가끔 지난 일에 대해 생생하게 얘기하곤 했는데 말년에는 같은 말을 반복하였다. 할아버지와 할머니는 막내아들인 우리 아버지까지 5남 1녀를 낳았으나 아들 한 명은 어릴 때 벌에 쏘여 사망했다. 또한 장성한 아들 둘이 태평양전쟁과 한국전쟁에서 전사하는 바람에 가슴에 묻어야 했다. 할머니는 한국 근현대사의 질곡 속에서 자식들을 총알받이로 보내야 했던 어미 중 한 사람이었던 것이다. 그럼에도 할머니는 백수를 누렸다.

할머니는 실제 우리 나이로 아흔여섯 살이었던 1992년 5월 어버이날에 진도군수가 수여하는 '장수상(長壽賞)'을 받았다. 시상 내용은 "위 할머니께서는 너그러운 성품으로 이웃과 가정을 이끌어 왔음은 물론 오래토록 건강한 몸으로 장수하셨기에 상장을 드립니다"이다.

엄마는 막내며느리였지만 사실상 큰며느리 노릇을 했다. 초등학교 교사였던 큰아버지는 외지에서 발령지를 옮겨 다녔다. 대신 고향에 정착한 막둥이 부부가 부모님을 챙기게 된 것이다. 내가 세 살 때, 엄마는 아버지의 직장이 있는 읍내로 분가했지만 창포리를 오가며 집안 대소사와 농사일을 도왔다. 1975년에 할아버지가 80세로 돌아가신 후 할머니는 귀향한 장남과 함께 살게 되었다. 하지만 얼마 못 가서 읍내 우리집으로 옮겨와 여생을 보냈다.

엄마는 1995년 9월 진도향교에서 수여하는 '효부상(孝婦賞)'을 수상했다. 그해 할머니 연세는 아흔아홉 살이었다. 시상 내용은 "위 사람은 천성적으로 효성이 지극하여 어버이에게 효도하고 형제간에 우애하며 친족간에 화목하여 본 군 유림에 귀감이 됨으로 그 효행을 높이 치하하여 이에 표창함"이었다.

엄마 유품을 정리하다가 그 소식을 실은 지역 매체의 기사를 발견하였다. 기사 부분만 오려두어서 정확한 출처는 확인되지 않는다. 기사에는 엄마와 할머니가 우리집 거실에서 찍은 흑백 사진이

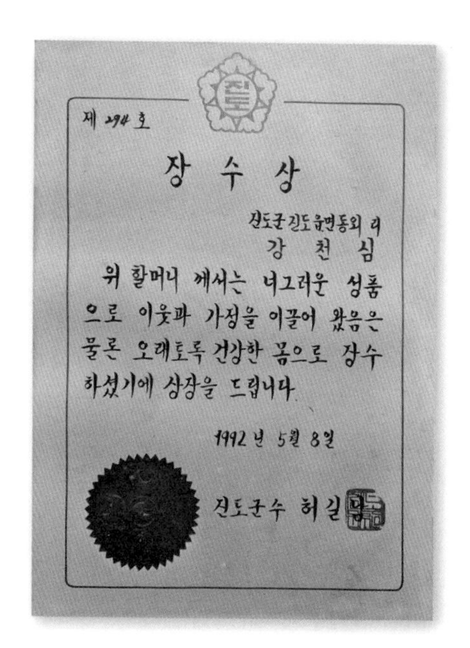
제 294 호

장 수 상

진도군 진도읍 동외리
강 천 심

위 할머니 께서는 너그러운 성품
으로 이웃과 가정을 이끌어 왔음은
물론 오래토록 건강한 몸으로 장수
하셨기에 상장을 드립니다.

1992년 5월 8일

진도군수 허길

1992년 수상한 할머니의 장수장

제93호

表彰狀

孝婦賞 珍島郡珍島邑東外里 許英子

위 사람은 天性的으로 孝誠이 至極하여
어버이에게 孝道하고 兄弟間에 友愛하
며 親族間에 和睦하여 本郡儒林에 龜鑑이
됨으로 그 孝行을 높이 致賀하여 이에 表彰
함

서기 1995년 9월 3일

珍島鄉校

典校 朴鍾九

1995년 엄마가 받은 효부 표창장(김성철 사진)

실렸고, 사진 아래 "충정공 휘 허종의 17대손인 양천인 허영자(부군 박종화) 여사는 90세가 훨씬 넘으신 강천심(99세) 노시어머님께 그 효도가 극진하므로 주위에 칭찬이 자자하여 군수 표창 등 오늘을 살아가는 향토민에게 그 귀감이 되고 있다"라는 설명이 있다. 실제로 엄마는 그 이전에도 한 차례 더 진도군수 표창을 받은 바 있다.

사진을 보면, 다과상 앞에 두 사람이 나란히 앉아 있다. 엄마가 사과 한 조각을 포크로 찍어 할머니에게 건네는 순간을 포착하였다. 하지만 얼굴은 두 분 다 미소를 머금은 채 정면의 카메라를 향하고 있어 연출한 티가 난다. 사진 하단에 '95년 9월 16일'이라는 촬영 날짜도 인화되어 있다. 백발의 짧은 머리에 한복 차림의 할머니는 연세와 달리 자세가 꼿꼿하다. 엄마는 취재에 대비해 미용실에 다녀온 듯하다. 헐렁한 원피스 위에 꽃무늬가 있는 겉옷을 걸쳤다. 이때 입은 엄마 옷들은 장 속에 유품으로 남아 있었다. 30년이 넘도록 엄마는 같은 옷을 입은 것이다.

엄마는 말 그대로 효부였다. 상장의 내용처럼 '천성적으로 효성이 지극한 며느리'였으니 상 받을 자격이 충분했다. 지금 고부간의 이야기를 다 풀어내는 건 불가능하다. 분명한 것은 할머니는 강자였고 엄마는 약자였다. 할머니의 장수 비결로 꼽을 만한 성격과 식습관이 엄마의 삶에 드리운 그늘이었던 것도 사실이다.

알 만한 사람은 다 아는 대로 매끼니 시어머니 음식을 따로 조리했던 엄마의 정성이 한몫했다. 할머니는 맵고 짠 음식을 먹지 않는 대신 단 음식을 좋아했다. 또한 조금씩 먹는 소식가이면서 음식에 대한 호불호가 강했다. 그래서 우리집에는 늘 백김치가 있었고 설탕을 양껏 넣은 할머니 맞춤 반찬이 밥상에 올라왔다. 할머니 방에는 1년 내내 달달한 탄산음료가 떨어지면 안 되었고 갖가지 주전부리가 준비되어 있었다. 엄마는 매년 할머니 생신상을 차리고 친인척과 이웃들을 불러 대접했다. 그렇게 모든 음식을 달게 먹었지만 할머니는 큰 병치레 없이 장수했고 노환으로 돌아가셨다. 소문난 효자 아들과 효부 며느리까지, 할머니가 자식 복이 없지 않았던 것 같다.

그러나 할머니 성품은 장수상에 적힌 '너그러운 성품'과는 거리가 멀었다. 특히 아들에 대한 집착이 강했고 며느리에게는 너그럽지 않았다. 할아버지와 금실이 좋고 장수한 덕분에 결혼 60주년을 기념하는 회혼례(回婚禮)를 올리기도 했다. 하지만 며느리에게는 완고한 시어머니의 전형이었고 평생 그 기조가 바뀌지 않았다. 엄마가 결혼과 동시에 맞닥뜨린 현실의 중심에 그런 시어머니가 있었다. 창포리에서 시작된 엄마의 신혼 생활은 끝이 없는 농사일과 집안일에 파묻히고 말았다. 오로지 일밖에 모르는 시부모를 받들고 친정과 전혀 다른 시갓집의 질서와 분위기에 적응해야 했다.

할머니는 새 며느리에게 아궁이에 불붙일 성냥조차 주지 않아서 엄마는 땔나무를 들고 옆집에 가서 불을 붙여오곤 했다. 결혼 전 성냥개비를 태워 눈썹을 그렸던 엄마가 얼마나 당황했을까. 심지어 반찬에 쓸 양념도 감춰버렸고 석유가 없어 밤에 호롱불조차 맘대로 켜지 못했다. 빨래를 해야 하는데 '똥비누'(당시 유통되던 품질 낮은 비누)마저 충분하지 않았다. 기본적인 생활용품이 조달되지 않는 날이 계속되자 엄마는 친정에 기별해 도움을 청했다. 그리고 면

소재지인 돈지 오일장에 가는 이웃들이 외할머니에게서 받아다 주는 물품들을 사용해야 했다.

그와 같은 인색함을 어떻게 이해해야 할까. 할머니에게 물어볼 기회가 없었다. 당장 먹고사는 문제를 해결하기 급급했고 살림을 불리려니 어쩔 수 없었을지도 모른다. 한국전쟁이 남긴 정신적, 물리적 피고름이 아직 마르지 않은 시대의 단상이라고 할 만도 하다. 그렇다고 엄마에게 가해진 할머니의 '갑질'이 모두 이해되는 것은 아니다. 사실 봉건왕조가 해체된 20세기 이후에도 우리 사회에서 남성이 여성을 억압하고, 거기에 더해 여성이 여성을 억압하는 권력 구조는 극복되지 못하였다. 더욱 아쉬운 것은 신랑조차 엄마가 기댈 언덕이 되어주지 못하는 현실이었다.

엄마는 견디다 못해 시집에서 탈출하기로 마음먹었다. 날을 잡아 시부모의 아침상을 들인 다음 미리 싸놓은 옷 보따리를 담장 밖으로 던졌다. 그리고 대문을 빠져나와 읍내 쪽 큰 길로 달렸다. 그런데 어떻게 알았는지 아버지가 뒤쫓아 와서 되돌아오고 말았다. 그리고 첫 아이가 생기면서 '날개옷'이 있다 해도 도망칠 수 없는 처지가 되었다. '효성이 지극한 천성대로' 운명에 순응하는 여성의 삶을 받아들였다. 자식을 가진 '어미'에게 지워진 멍에를 기꺼이 감수했다. 결혼 이후 엉뚱하고 발랄했던 초상마을 처녀는 온데간데없어지고 날이 갈수록 위축되고 수동적으로 변해갔다.

엄마는 세상을 떠나기 직전 해까지 할머니 제사를 지냈다. 내가 엄마의 건강 상태를 고려해 시제로 대신하자고 제안했지만 효자 아버지는 역정을 내며 받아들이지 않았다. 엄마는 내가 아버지와 다투고 집안이 시끄러워지는 게 싫다며 힘들어도 그냥 제사를 지내겠다고 했다. 결국 엄마는 자주 두통을 앓았고 뇌종양으로 두 번이나 수술대 위에 누워야 했다.

그 세월에 견주어 보면, 장수상은 허무맹랑하고 효부상은 깃털처럼 가볍다. 할머니의 장수상과 엄마의 효부상에 적힌 문구는 맞기도 하고 틀리기도 하다. 문득 우리 주변의 상장과 표창장, 훈장에 실린 권위가 과연 몇 그램이나 될는지 궁금해진다.

제4장

혓꽃 이야기

❶

태풍 속

하굣길

태풍이 몰아치던 날, 수업이 끝나고 "차렷! 경례!"라는 반장의 구령에 맞춰 담임 선생님께 인사하고 문 밖으로 나왔다. 교실 앞에서 엄마가 기다리고 있었다. 엄마는 최대한 처마 안으로 들이치는 비바람을 피해가며 준비해온 애기용 보단(포대기)을 펴서 나를 들쳐 업었다. 나를 업은 엄마는 한 손에 바람에 밀려 뒤집히려는 우산까지 움켜쥐고 거센 비바람 속을 거침없이 진군했다. 질퍽거리는 비포장도로를 덮친 빗물이 내를 이루었고, 길가의 좁은 꼬랑(도랑) 물은 역류하였다. 번개가 하늘을 가르며 빛을 뿜자 천둥소리가 땅을 뒤흔들었다. 나는 전사 같은 엄마의 등에 얼굴을 파묻은 채 두 눈을 꼭 감았다.

초등학교에 입학한 1973년 여름이었다. 당시 나는 잔병치레가 많고 몸이 허약했다. 고학년에 올라가면서 나아지긴 했지만 봄마다 아파서 결석하는 일도 잦았다. 아버지가 자전거 뒷자리에 태우고 병원에 갔던 일부터 엄마가 숯불을 피워 달여 준 사발 속 까만색 한약, 문병하러 온 친구들의 모습이 기억 창고의 밑자락에 깔려 있다. 엄마는 나를 업은 그 보단으로 이듬해 태어난 셋째 딸도 업어 키웠다.

그해 7월 중순, 제3호 태풍 '빌리'가 한반도 서해상으로 북상하면서 제주도와 전라남도에 영향을 미쳤음이 자료로 확인된다. 마치 119 구조대원처럼 등장한 엄마의 등에 업혀 왔던 날, 태풍 속 하굣길을 잊을 수 없다.

1974년 엄마의 첫 육지 여행 때 불국사에서
아버지와 찍은 사진(김성철 사진)

❷

아버지

학생증

學生證　　一連 No. 9720

出席 No.

本籍 全南珍島郡義新面昌浦里112

住所 서울市城北區敦岩洞118-2

姓名 朴鍾華

檀紀 4269년 8月 11日生

上記人은 本大學 化學工學科 第貳年生임을 證明함

檀紀 4290년 1月 7日

서울特別市城東區杏堂洞山八의二番地

漢陽工科大學長 金連俊

注意事項

① 本證은 本大學學生에만 授與한다

② 本證은 隨時携帶하여 要檢閱時는 堤示하여야한다

③ 本證은 他人에게 讓渡하거나 貸與치못한다

④ 本證紛失時는 卽時 紛失届를 堤出하여 再發行을 받아야 한다

⑤ 本證有效期限은 學期初부터 學期末까지로 한다

⑥ 本證은 學期初에 檢印을 받아야한다

이는 아버지의 유품을 수습하면서 큰방 문갑 속에서 발견한 학생증 앞면과 뒷면의 내용이다. 학생증은 청색 종이 바탕에 '工大' 두 글자가 무늬처럼 인쇄되어 있다. 또한 상부 왼쪽에 붙인 아버지의 증명사진에 걸치도록 원형 압인(壓印)이 찍혀 있다. 단기 4290년, 즉 1957년에 한양공과대학장 이름으로 발급되었다. 그 내용은 1950년대 후반에 통용된 학생증의 서식을 엿보게 해준다. 뒷면의 '주의사항' 문구에 포함된 '제(提)'자는 모두 '제(堤)'자로 오기되었다. 학생증에 개인정보에 해당하는 생년월일과 현주소, 본적을 써넣는 점은 생경하게 다가온다. 생년월일은 실제보다 1년 늦은 호적상의 날짜가 기입되었다. 여러 가지 면에서 요즘 대학의 학생증과 차이점이 많다.

아버지의 최종 학력은 '대학 중퇴'다. 대학에 다니다 휴학하고 1959년 봄, 군에 입대했는데, 제대 후 등록금을 마련하지 못했다. 하는 수 없이 서울 생활을 접고 진로를 변경해야 했다. 결국 고향에 정착해 가정을 꾸리고 자식들을 건사하며 일생을 보냈다.

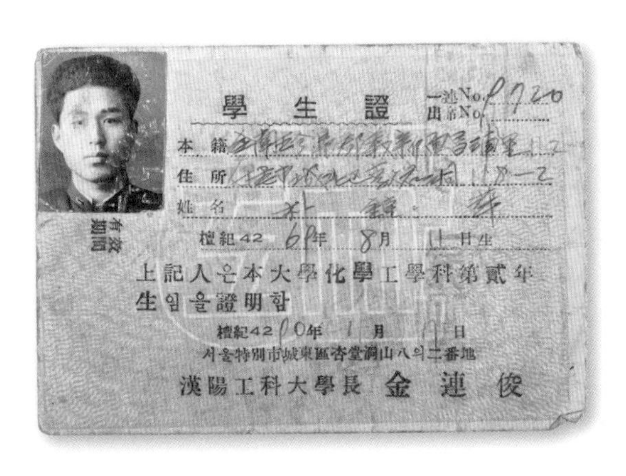
學 生 證 一連No. 1720 出番No.

本籍

住所

姓名

有效期間

檀紀42 61年 8月 11日生

上記人은 本大學化學工學科第貳年生임을 證明함

檀紀4290年 1月 日

서울特別市城東區杏堂洞山八의二番地

漢陽工科大學長 金 連 俊

注 意 事 項

① 本證은 本大學學生에만 授與한다

② 本證은 隨時携帶하여 要檢閱時는 提示하여야한다

③ 本證은 他人에게 讓渡하거나 貸與치못한다

④ 本證紛失時는 卽時 紛失屆를 提出하여 再發行을 받아야한다

⑤ 本證有效期限은 學期初부터 學期末까지로한다

⑥ 本證은 學期初에 檢印을 받아야한다

아버지 학생증 앞면과 뒷면, 종이, 6.4×9.5cm(김성철 사진)

고향집 큰방에 있는 문갑 서랍 속에는 학생증 외에도 초·중·고 졸업장과 상장, 임명장, 표창장 등 아버지의 이력을 증명하는 각종 문건과 서류가 보관되어 있었다. 생전에 자식들에게 보여준 적이 없는 것들이었다. 이런 자료들을 70년 이상 간직해 온 아버지의 심정을 헤아려보니 애달팠다. 아버지가 떠나간 후에야 유품으로 마주하게 된 현실도 야속했다.

아버지는 평소 자신의 학창 시절에 대해 얘기한 적이 거의 없다. 어쩌다 내가 물어봐도 짧은 대답만 돌아왔다. 그나마 "서울에서 돈암동에 살았고 그때는 전차가 다녔지만 주로 걸어 다녔다"는 얘기를 들은 기억이 있다. 최근 경복궁 월대의 복원 과정에서 1968년까지 운행된 노면전차의 철로(鐵路) 유구가 드러나 화제가 되었다. 얼마 전 서울 그림에 관한 특강 준비 때문에 관련 기사를 검색하다가 불현듯 아버지가 떠올랐다. 이제 와서 '아버지를 붙들고 좀 더 여쭤볼걸' 한들 아무 소용이 없다.

그런데 아버지의 서랍을 살펴보면서 묘한 기시감이 느껴졌다. 마치 어느 대학 연구실에 있는 캐비닛 속을 들여다보는 것 같았다. 내가 연구자로서 자료를 대하고 정리하는 습관과 닮은 데가 있었다. 아버지의 서랍 속에서 내가 돌고 돌아 연구자로 사는 데 영향을 미친 유전인자를 확인했다고나 할까. 순간 온몸에 소름이 돋는 경험이었다.

흔히 20세기 들어 일제강점기와 한국전쟁을 겪은 우리나라가 급속한 경제발전을 이룰 수 있었던 동력 중 하나가 국민들의 교육열이라고 한다. 나의 부모님도 자식 교육에 열과 성의를 다했다. 엄

아버지가 대학 시절 친구와 함께 찍은 사진(김성철 사진)

마는 엄마대로, 아버지는 아버지대로 자신이 하고 싶은 공부를 맘껏 하지 못한 아쉬움을 안고 살았다. 그래서인지 다른 건 몰라도 자식들 교육 문제에 관한 한 두 분이 한마음, 한뜻이었다. 아버지는 지나가는 말처럼 "자식들이 모두 대학 졸업장을 받도록 하는 게 목표 중 하나"라고 했다.

1980년대 초, 아버지는 대학까지 보낼 교육비를 조달할 요량으로 자식들 수에 맞춰 비싼 한우를 샀다. 여건상 읍내 집에서 사육하기는 어려웠기 때문에 친척들에게 한 마리씩 맡겨 키우도록 했다. 하지만 얼마 못 가 터진 '솟값 파동'으로 무용지물이 되고 말았다. 심지어 소를 도난당하는 일까지 발생해 아버지가 크게 낙담했다. 요즘 세대에겐 낯선 이야기이겠지만 1970~1980년대 농촌에서는 소를 팔아 자식들 등록금을 대는 집안이 적지 않았다. 그 때문에 대학을 상아탑(象牙塔)이 아니라 '우골탑(牛骨塔)'이라고 풍자하기도 했다.

여전히 우리 사회에는 원하는 만큼 교육 기회를 얻지 못하는 이들이 많다. 또한 입시 경쟁의 과열과 고등교육의 양적 성장으로 인한 부작용이 새로운 사회문제로 대두한 상태다. 그나마 나는 부모님의 교육열에 힘입어 대학뿐 아니라 대학원까지 넘치는 교육 혜택을 누릴 수 있었다. 시쳇말로 '가방끈이 긴' 나는 아버지의 학생증을 볼 때마다 숙연해진다. 자신의 의지와 무관한 이유로 학업을 중단해야 했던 아버지, '청년 박종화'가 짠해서다.

3

영어공부

오랜만에 고향에 내려갔다. 엄마가 떠나시기 3~4년 전이었던 것 같다. 엄마 방에서 쉬고 있는데, 특이한 책 한 권이 눈에 들어왔다. 엄마는 몇 해 전부터 무릎 통증 때문에 방바닥에 앉았다 일어나기가 힘들어져 침대가 있는 작은방을 따로 쓰고 있었다. 정확한 제목은 잊어버렸지만 영어 학습서로 '초보자를 위한 기초영어' 같은 것이었다. 예를 들자면, 'school'이라는 단어 옆에 '학교'라는 뜻풀이와 한글로 쓴 발음 '스쿨'까지 적혀 있는 영어책이었다.

마침 방에 들어오신 엄마더러 "이거 뭔 책이여?" 물었더니 엄마가 샀다고 했다. 그리고 "공부하면 치매에 걸리는 걸 막을 수 있을 것 같아서"라고 영어공부를 시작한 이유도 덧붙였다. 나는 "좋은 생각이네. 엄마! 그동안 공부한 것 좀 얘기해 보게!"라며 장난을 걸었다. 엄마가 '쏼라 쏼라' 식으로 엉터리 영어를 해서 한바탕

웃었다. 옛날이야기를 해줄 때도 엄마는 연극배우처럼 성대모사를 하고 다양한 의성어를 섞어서 듣는 재미를 배가시키곤 했다. 실은 그때 내 마음속에서 '쿵' 하는 소리가 났다. 일흔이 넘은 나이에도 식지 않은 엄마의 학구열을 확인하는 순간이었으니까.

엄마는 읍내 옥주서점의 주인과 '언니 동생' 하는 사이였다. 서점 이모의 고향은 의신면 만길리였으나 성은 허씨였다. 한 살 차이 나는 동년배인데다 서로 뜻이 맞아서 친해졌다. 엄마는 네거리에 나가면 참새 방앗간처럼 서점에 들렀다. 엄마 일기에 간간이 등장하는 '서점 동생'이 바로 옥주서점 이모다. 당연히 영어책도 옥주서점에서 산 것이었다.

시골에 가면 중, 장년기 여성들이 소일거리로 고스톱을 치는 광경을 볼 수 있다. 그들은 신변잡기를 주제로 수다를 떨며 십 원짜리나 백 원짜리 동전을 걸고 화투놀이를 한다. 심심풀이 놀이지만 화투 패를 만지며 머리를 쓰니 치매도 예방한다고 믿는 이들이 적지 않다. 그렇지만 엄마는 고스톱에 관심이 없었다. 엄마도 내심 치매가 올까 봐 두려워했다. 당시 치매에 걸린 친언니, 바로 우리 이모가 가족과 떨어져 수년째 요양원에 입원 중이었기 때문이다. 그런 엄마가 스스로 처방한 치매 예방약은 고스톱이 아닌 영어공부였던 셈이다.

엄마는 마지막까지 맑은 정신으로 지내다 가셨으니 소망은 이루었다. 장례를 마치고 마음을 추스를 겨를도 없이 시작된 유품 정리 과정에서 엄마의 영어책은 유실되고 말았다. 그 영어책을 눈여겨보는 자식이 없었던 것이다.

4

자취방의 동전

학교에 다녀오니 방문이 잠겨 있다. 남동생은 골목에서 친구들과 놀고 있었다. 동생과 약속한 장소에 숨겨둔 열쇠를 꺼내 방문을 열고 들어가 불을 켰다. 책상과 의자, 조립식 옷장, 이부자리가 고작인 방은 잘 정돈되어 있다. 나와 동생이 학교에 간 사이에 엄마가 청소를 깨끗이 해 놓은 거다. 그때 동생이 쓰는 좌식 책상 위에 놓인 지폐와 동전이 눈에 들어왔다.

나는 초등학교 6학년 1학기를 마치고 진도를 떠나 광주에서 학업을 이어갔다. 아버지와 사촌 간인 큰아버지댁에서 초등학교를 졸업하고 중학교 때는 하숙생활을 했다. 어린 나이에 타향살이를 시작한 탓에 항상 고향집과 가족이 그리웠다. 방학이 다가오면 1주일 전부터 가방을 싸놓고 집에 갈 날을 기다렸다. 방학이 끝나고 다시 고향집을 떠날 때는 어김없이 눈물바람을 하곤 했다. 엄마는 혹여 가다가 아버지가 준 용돈을 잃어버릴까 봐 속옷에 천을 대고 주머니를 만들어 돈을 넣고 꿰매 주었다. 또 광주까지 4시간이나 걸리는 버스 안에서 먹으라고 삶은 계란과 떡, 사이다 같은 간식을 싸주었다.

1984년 10월, 진도대교가 완공되기 전에는 버스가 고군면 벽파나루에서 '철선'이라 불린 짐배에 올라탄 후 해남 옥동나루에서 하선했다. 그런데 가끔 버스가 철선이 출항한 직후에 선착장에 도착하기도 했다. 승객들은 눈앞의 철선을 안타깝게 바라보며 다음 철선이 올 때까지 바닷가에서 시간을 보냈다. 비포장도로를 달리던 버스 타이어에 펑크가 나는 일도 심심찮게 발생했다. 그런 날은 편도 4시간이 5시간으로 늘어났으나 어쩔 도리가 없었다. 말이 고속버스지 애당초 고속으로 달리는 게 불가능한 여건이었다.

재미있는 일도 있었다. 그 시절에는 버스 옆 좌석에 앉은 승객과도 스스럼없이 음식을 나눠 먹으며 이야기를 나누었다. 또 운전기사를 보조하는 '안내양'이 동반 탑승했다. 대체로 유니폼을 착용한 젊은 여성들이 버스표를 받고 승객들을 응대했다. 한번은 진도로 내려가는 하행선 안에서 진풍경이 펼쳐졌다. 장거리 운행으로 다들 지쳐갈 때쯤 몇몇 승객이 돌아가며 마이크를 잡고 노래를 부른 것이다. 나머지 승객들은 박수를 치며 환호했다. 마치 단체 여행에 나선 관광버스 같았다. 사람과 사람 사이가 보이지 않는 벽으로 가로막힌 듯한 요즘 세상에는 보기 힘든 광경이다. 바다 위를 가로지르는 연륙교가 두 개나 놓이고 도로가 아스팔트로 포장된 지금은 광주에서 진도까지 2시간 이내에 주파할 수 있다.

고등학교에 진학하면서 나처럼 조기 유학을 시작한 초등학교 6학년 남동생과 자취를 하기로 했다. 엄마와 나는 셋방을 구해 이사한 첫날 밤에 그만 연탄가스를 마시고 말았다. 나는 엄마 덕분에 극적으로 큰 사고를 면했다. 인근에 살았던 큰엄마가 동치미 국물을 들고 달려왔다. 엄마는 곧바로 가까운 곳에 다른 방을 얻었고 하루 만에 또 이사를 했다. 이삿짐이 적어서 리어카를 빌려 두어 번 왔다 갔다 했다. 유독성 가스를 마신 나는 머릿속이 뿌옇고 멍한 상태로 며칠을 보냈다.

그렇게 자취생활이 시작되었다. 소형 냉장고와 석유곤로, 전기밥솥, 그리고 기본적인 가재도구를 마련했다. 난방은 연탄아궁이에 의존했다. 앞마당의 지하수 펌프가 설치된 수돗가에서 쌀을 씻고 빨래를 하고 운동화를 빨았다. 당시에는 고등학생도 2학년 때까지 야간 자율학습이 없어서 오후 4시경이면 하교했다. 대학 입시 경쟁이 요즘처럼 치열하지 않았다. 그 덕에 내가 좋아하는 책을 실컷 읽으며 청소년기를 보냈고, 동생을 돌보는 일도 가능했다. 하지만 학년이 올라갈수록 내 성적은 점점 떨어졌고 대학에서 전공하고 싶었던 학과와도 멀어져 갔다.

가끔 엄마가 광주에 올라와서 반찬을 해주고 갔다. 학교에서 급식을 제공하지 않던 때라 매일 도시락을 싸는 일이 큰 부담이었다. 엄마가 도시락 반찬으로 해준 단골 메뉴는 최대한 오래 보관할 수 있는 멸치볶음과 쥐포볶음, 콩자반, 장조림 등이었다. 나는 엄마가 해준 맛있는 반찬은 될 수 있는 대로 동생 도시락에 넣어 줬다. 한 번이라도 더 동생의 도시락 반찬으로 싸주려고 아끼다가 장조림에 곰팡이가 생긴 적도 있다. 나는 매일 아침, 학교가 가까운 동생의 등교 준비를 해준 다음 정류장으로 뛰어가 시내버스에 올라탔다. 어느날 콩나물시루처럼 승객으로 꽉 찬 버스 안에서 내 손에서 풍기는 단무지 냄새를 맡고 부끄러웠던 기억이 있다. 아침에 도시락 반찬으로 단무지를 무친 날이었다.

엄마는 늘 "너도 아직 학생이고 애기인데 동생 밥까지 해주며 학교에 다닌다"고 안쓰러워했다. 엄마 눈에 자식은 언제까지나 '애기'였다. 아버지도 같은 마음이었다. 어쩌다 광주에 용무가 있어 단칸 자취방에서 1박을 하게 되면, 아버지는 이튿날 새벽에 먼저 일어나 전기밥솥에 밥을 안쳐놓았다. 그런 이유로 엄마는 내가 고향집에 내려가면 설거지도 한 번 못하게 했다. 사실 그건 시작에 불과했다. 사남매가 함께 산 대학 시절엔 아침마다 5~6개의 도시락을 싸야 했다.

그날도 엄마가 광주에 왔다가 내려간 날이었다. 동생의 책상 위에서 발견된 몇 장의 지폐와 동전은 엄마의 흔적이었다. 자취방에서 터미널까지 가는 시내 버스비와 진도행 시외 버스비를 제외하고 남은 돈 전부를 놓고 가신 거였다. 10원, 아니 5원짜리 동전까지 남김없이 말이다. 한 푼이라도 더 생활비를 보태주고 싶은 엄마 마음이 거기 놓여 있었다. 그 후로도 하교 후 엄마의 지폐와 동전들만 덩그러니 남아 있는 자취방에 들어서는 날들이 이어졌다.

5

커피 한 대접

책상 앞에 앉아 예상 문제를 풀고 있는 여고생이 보인다. 중년의 여성이 방바닥에 앉아 꾸벅꾸벅 졸고 있다. 책상 위 참고서 옆에는 커피 한 대접이 놓여 있다.

대학입학 학력고사를 앞두고 있던 1984년 가을밤, 내 자취방의 정경이다. 내가 고3이 되자 엄마의 광주 왕래가 잦아졌고 머무는 기간도 길어졌다. 그해 학력고사는 11월 23일에 실시되었다. 엄마는 늦둥이 남동생을 데리고 올라와 한 달 이상 입시 뒷바라지에 매진했다. 고향집에서는 장기간 집을 비운 엄마 대신 여동생이 할머니와 아버지의 밥을 해주느라 고생했다.

1950~1960년대 태어난 베이비붐 세대는 형제자매가 많았다. 또 교육열이 높았던 부모 세대는 자식들 교육을 위해서라면 생고

생도 마다하지 않았다. 대개는 고향에서 초등학교를 마친 후 군이나 면 단위에서 도시로 나와 중등학교에 진학하였다. 부모는 자녀들이 모여살 수 있도록 셋방을 마련해주었다. 자취 살림은 여자 형제, 그중에서도 장녀들이 도맡는 게 일반적인 풍속도였다. 이른바 '케이 장녀(K-장녀)'들이 자의 반 타의 반으로 대거 활약한(?) 시대였다. 나 또한 장녀로서 주어진 소임을 떠안았다.

고3이 되자 정규수업이 끝난 후에도 밤 10시까지 야간 자율학습이 진행되었다. 당시 나는 집이 있는 산수동에서 시내버스를 이용해 등하교했다. 엄마는 날마다 하교시간에 맞춰 산수동오거리 시내버스 정류장까지 마중을 나왔다. 정류장 앞에 있는 슈퍼마켓 평상에 앉아 있다가 내가 이용하는 버스 번호가 보이면 승강장으로 나왔다 들어갔다 반복했다. 어떤 날은 평상에 걸터앉아 졸았고, 어떤 날은 보채는 남동생을 업고 나오기도 했다. 내가 버스에서 내리면 엄마는 "내 딸 왔네" 하고 반기며 책가방·보조가방·도시락가방 등을 모두 빼앗아 들었다. 10여 분 거리의 집까지 엄마와 함께 걷던 밤길이 눈에 선하다.

집에 도착해 공부를 더하는 날은 엄마도 내 옆에 앉아 있었다. 엄마 먼저 자도 된다고 얘기해도 기어코 내가 책을 덮을 때까지 졸음과 싸우며 기다렸다. 가끔은 스테인리스 대접에 커피를 타서 갖다 주었다. 커피믹스가 시판되기 전이니 티스푼으로 '커피 둘, 프림 둘, 설탕 둘'의 비율을 맞추고 끓는 물을 듬뿍 부어 제조한 커피였다. 엄마가 "커피를 마시면 잠이 깬다"는 말을 듣고 한 대접씩 타준 것이다. 내가 커피를 마신 지 얼마 되지 않은 때다. 나도 엄마도 카페인이 인체에 미치는 영향이나 효능에 대해 알지 못했고 중요하지도 않았다. 엄마는 입시를 앞둔 딸이 졸음을 이기는 데 도움을 주고 싶었고, 나는 달달한 커피가 맛있었을 뿐이다.

6

런던에서 받은 편지

보고 싶은 내 딸에게

사랑하는 내 딸아. 머나먼 영국에서 잘 지내고 있고, 또 잘 먹고 있다니 한결 엄마는 마음이 놓인다. (……) 엄마는 시대를 잘못 타고나서 하고 싶은 공부를 못해서 내 일생이 다 할 때까지 한이 맺혀 내 딸만은 하고 싶은 공부에 성공을 하라고 찬성한다. 누가 무어라 해도 꼭 니가 하고 싶은 대로 큰 사람, 소문난 학자, 교수가 된다면 그것이 엄마의 소원이다. 여자라고 못할 리가 뭐 있겠니.

보고 싶은 내 딸. 내 딸아.

돋보기를 안 쓰니 글씨가 어떻게 써지는지도 모르겠다. 비틀비틀 이해해라. 엄마 회갑에 가게 해수욕장에 가서 닭고기를 너무 맛있게 먹었다마는 내 딸 생각에 혼자서 모래를 밟으며 눈물이 글썽글썽 하더라.

(……) 사랑하는 내 딸아. 아무리 어려운 일이 있더라도 참고 견디어 앞날에 큰 사람이 되어라. 얼마나 남의 나라에서 고생이 되겠니. 엄마 생각 하지 말고. 병원에서도 깨끗이 다 나았다고 하니 얼마나 다행이니. 걱정하지 마라. 아빠도 건강하고 온 식구가 다 건강하다. 쓸 말이 끝이 없으나 이만 펜을 놓는다. 몸 건강하길 두 손 모아 기원하면서 이만 줄인다.

2000년 8월 12일 엄마 씀

이 편지는 2000년 여름에 런던에서 엄마로부터 받은 것이다. 나는 그해 7월부터 1년 동안 런던대학교 소아즈 한국학연구소의 객원연구원으로 런던에 체류하였다. 당시 가족들에게서 받은 편지 중 네 통이 엄마 편지이다. 몇 번을 보아도 엄마 글씨는 반갑고 그립다. 한 줄 두 줄 읽어 내려가면, 엄마 목소리가 들리는 듯하다. 그 내용이나 문투가 평상시 말투와 크게 다르지 않기 때문이다.

온 나라를 뒤흔든 외환위기 사태를 전후해 우리 집안에도 연이어 우환이 닥쳤다. 설상가상이라는 말밖에 할 수 없을 정도로 수년간 많은 일이 발생했다. 백수를 누린 할머니가 돌아가신 직후 엄마가 뇌종양 진단을 받은 것도 그중 하나이다. 나는 맏이로서 내 생활을 포기하다시피 하며 동분서주했고 점점 심신이 지쳐갔다. 부모님 상을 제외하면 내 인생에서 가장 힘들었던 시기다. 그즈음 국문학과 선배 정경운 교수를 통해 소아즈 한국학연구소에 연구자 초빙 프로그램이 있다는 걸 알게 되었다. 나는 서둘러 연구계획서

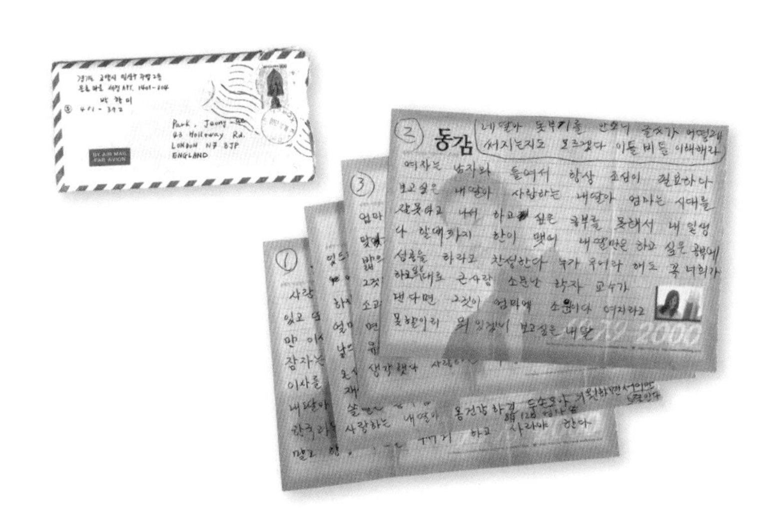

② 동감
내딸아 돋보기를 안쓰니 글씨가 어떻게 써지는지도 모르겠다 이틀 비틀 이해해라
여자는 남자와 틀려서 항상 조심이 필요하다
보고싶은 내딸아 사랑하는 내딸아 엄마는 시대를
잘못타고 나서 하고 싶은 공부를 못해서 내 일생
다 살때까지 한이 맺어 내딸만은 하고 싶은 공부에
성공을 하라고 찬성한다 누가 우어라 해도 꼭 너희가
하고싶은대로 큰사람 소문난 학자 교수가
된다면 그것이 엄마에 소원이다 여자라고
못할일이 뭐 있겠니 보고싶은 내딸

2000년 런던에서 받은 엄마 편지(김성철 사진)

를 준비했고 도망치듯 런던으로 향했다. 다행히 수술 받은 엄마의 경과가 좋았던 것도 출국을 결심하는 데 도움이 되었다.

그렇게 떠나 런던에 머무는 동안 엄마 편지를 받을 때마다 만감이 교차했다. 엄마는 '음식문화가 다른 타국에서 잘 먹고 있는지, 런던에는 비가 자주 온다던데 춥게 다니는 건 아닌지, 방은 따뜻한지' 등등의 걱정을 내려놓지 못했다. 그러면서도 딸이 넓은 세상을 경험하게 된 것을 좋아했다.

대학 이후 전공을 바꿀 때마다 엄마는 "내 딸이 알아서 잘 하겠지" 했고 "너 하고 싶은 대로 해"라고 하며 언제나 내 편이었다. 미술전문 출판사에서 근무한 후 세 번째 전공인 미술사를 공부하겠다고 했을 때, 아버지는 이불을 펴고 드러누웠고 "국문학으로 박사과정을 하면 좋겠다"고 했다. 하지만 나는 내 고집대로 전공을 바꿔 다시 석사과정에 들어갔고 결국 아버지도 항복했다.

엄마는 평소 내가 사는 집에 오면 즐비한 책장을 훑어보며 "내 딸은 언제 저 책을 다 읽을랑고"라고 말했을 뿐 "책 좀 그만 사라"고 한 적은 없다. 엄마는 수천 권의 책에 둘러싸여 돈 안 되는 논문 쓰고 강의하느라 아등바등하는 딸을 애처로워하는 한편 자랑스러워했다. 딸이 엄마처럼 사는 것을 원치 않았기 때문이다. 딸은 엄마가 포기할 수밖에 없었던 공부를 원 없이 하고 엄마와 다른 인생을 살기를 바랐다. 엄마의 무조건적인 사랑과 신뢰가 꾹꾹 눌러쓴 편지의 행간을 채웠다.

편지의 겉봉에 써진 주소는 내가 런던에서 살았던 홀로웨이 로드(Holloway Road)와 스탬포드 로드(Stamford Road)의 기억을 되살린다. 처음에 머물렀던 집에서 한 달 만에 이사했으니까 세븐시스터즈(Seven Sisters)라는 지하철역 인근의 스탬포드 로드 57번지 셰어하우스에서 대부분의 시간을 보냈다. 뒤편에 정원이 있는 2층짜리 주택에서 펙스(Pex)와 캐즈(Caz), 수(Siu) 등 총 4명의 영국인 친구들과 살았다. 그들은 모두 지방도시 출신으로 10대 말~20대 초반의 대학생들이었다. 하나같이 바르고 똑똑하면서도 톡톡 튀는 개성을 지닌 친구들이었다. 그들을 만난 건 행운이었다.

나는 그들에게 자주 김밥을 싸주면서 "이건 스시가 아니라 김밥이야"라고 주지시켰다. 그들도 '김밥(Gimbap)'이라고 또박또박 발음을 따라했다. 힌두교도인 펙스와 채식주의자인 캐즈도 기호에 맞게 속 재료를 넣어 주니 잘 먹었다. 중국계 영국인 수는 유독 나를 많이 따라서 평소 한국말로 'eunny(언니)'라고 불렀다. 어느덧 시간이 흘러 내가 귀국하는 날짜가 다가오자 수는 며칠 전부터 눈물을 뚝뚝 흘리며 작별을 아쉬워했다.

런던에 머무는 동안 날마다 걸었던 거리와 주말에 장보러 갔던 테스코(TESCO), 정들었던 셰어 하우스 친구들, 수많은 박물관과 미술관, 소아즈 캠퍼스와 세미나 모임 등이 어제 일처럼 선명한 기억으로 남아 있다. 비록 1년에 불과한 기간이었고 내 형편은 몹시 곤궁했지만, 그곳에서 많은 것을 보았고 많은 것을 느꼈다. 국적이 다른 좋은 사람들을 만났고 샬롯 홀릭(Charlotte Holyck) 교수와 같은 동료 연구자들과의 인연은 지금까지 이어지고 있다. 연구자에게 더없이 중요한 중장기적 연구 방향의 단초를 마련한 시간이었다. 그때나 지금이나 런던은 내가 사랑하는 도시이다.

엄마가 보낸 편지를 통해 지금은 사라진 우표를 감상하는 재미는 덤이다. 2000년대 초에 발행한 우표의 도안으로 청자석류형 연적과 무령왕릉 출토 석수, 금동계미명삼존불 같은 고미술품 이미지가 쓰였음이 확인된다. 천연기념물인 황새와 뜸부기, 그리고 수세미오이를 채택한 우표도 있다. 진도우체국에서 발송한 편지라도 요금이 570원·1,700원·2,770원 등으로 상이하다. 특송 우편임을 나타내는 '익스프레스(EXPRESS)' 스탬프가 찍힌 봉투에 더 많은 우표가 붙어 있다. 고국의 우표가 붙은 편지들이 편도 13시간의 비행을 거쳐 내 손에 배달되었다. 이제 무선 통신 기술의 진전으로 육필 편지는 지난 시대의 유물이 되어 가고 있다. 하지만 동시간대 주고받는 실시간 채팅에는 도무지 '기다림의 미학'이 파고들 틈새가 없다. 아쉽다.

7

엄마의 시

"이제 추운 겨울은 지나가고 새 봄이 오는 구나. (……) 앞으로는 따뜻한 날이 많지 추운 날이 많겠니. 우리집 마당 앞에 파를 심었더니 벌써 파랗게 새싹이 나서 봄소식을 알려준다."(2001년 2월 28일 오후 3시 15분 엄마 씀)

"아래채 변소 앞에 하얀 매화꽃과 벚꽃이 너무 예쁘게 피어 있구나. 내가 가면 내 딸을 본 기분이다."(2001년 4월 18일 낮 1시 10분 엄마 씀)

엄마는 편지에 날짜뿐 아니라 편지 쓴 시각까지 기입하였다. 그 '시각'이 고향집 뜰에 퍼지는 햇살과 크고 작은 생활 소음, 그리고 편지 쓰는 엄마 모습까지 끌어오는 연상 작용을 일으켰다. 앞마당의 텃밭에서 싹을 틔운 파와 변소 앞의 매화와 벚꽃도 마찬가지이다. 영광스럽게도 나는 엄마 덕에 꽃이 되었다. 엄마는 감성이 풍부했고 그것을 말과 글로 표현할 줄 아는 분이었다.

나는 여고 입학 후 문학반 활동을 하면서 틈틈이 시를 썼다. 혹자는 1980년대를 '시의 시대'였다고 한다. 그만큼 시를 읽는 독자가 많았고 시가 일으킨 사회적 반향도 컸다. 1980년대 중반 전산통계학과에 입학한 나는 전공에 흥미를 느끼지 못했다. 고민 끝에 국어국문학을 부전공했고 졸업 후 대학원에 진학해 현대문학을 전공했다. 또한 광주청년문학회의 일원으로서 내로라하는 시인들과 직접 만나기도 했다. 고인이 된 김남주(1945~1994) 시인도 그중 한 분이다. 김남주 선생은 내가 시를 쓴다고 하자 "농사 지어 봤느냐. 좋은 시를 쓰려면 흙을 알아야 한다"고 하셨다. 몇 년 후 선생이 별세했을 때, 나는 선후배 회원들과 망월동 장지까지 함께 했다. 내가 농사를 지어봤을 리 없다. 고백하건대 나는 시인으로 살기엔 역부족이었다. 결국 몇 권의 시 노트를 태워버림으로써 등단의 꿈도 접었다. 엄마 뱃속에서 탯줄을 타고 스며든 감성 유전자가 한때나마 내가 시인을 꿈꾸게 만들었던 것 같다.

2001년 4월 18일자 편지 말미에는 '엄마의 시'가 덧붙여져 있다.

내 딸 안녕 안녕
보아도 보아도 물키지 않은 내 딸
세상을 다 준다 해도 바꾸지 않을 내 딸
정직하고 착한 내 딸, 똑똑하고 얌전한 내 딸

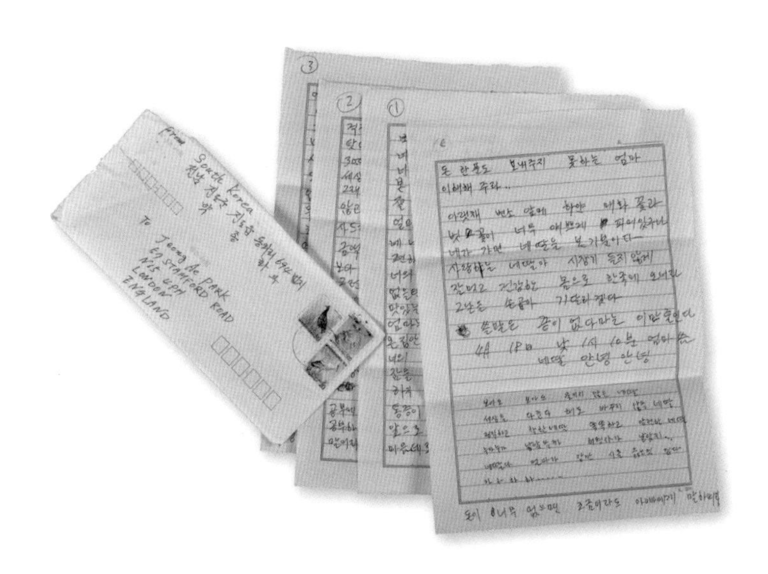

2001년 런던에서 받은 엄마 편지(김성철 사진)

누가누가 낳았을까 허영자가 낳았지
내 딸아 엄마가 잠깐 시를 읊은 것 같다. 하하하하.

그날 나는 부엌에서 펙스와 함께 저녁식사를 준비하고 있었다. 현관문이 열리고 수가 들어오더니 편지를 건넸다. 몇 달 만에 반가운 엄마 편지가 도착했다. 엄마 글씨를 보자마자 쏟아지기 시작한 눈물을 훔치며 편지를 읽던 나는 시 부분에 이르러 웃음이 터지고 말았다. 내가 좋아하는 찰리 채플린의 코미디 영화를 볼 때처럼 울다가 웃다가 또 울다가 했다.

엄마의 시어는 사랑스럽다 못해 귀엽기까지 했다. '딸 바보', 아니 '자식 바보'인 엄마의 면모가 유감없이 드러나 있었다. 참고로 2행의 '물키다'는 '물리다'의 전라도 방언이다. 내가 '정직하고 착하고 똑똑하고 얌전한' 딸이라니. 엄마는 내가 그런 딸이 되기를 바랐나 보다. 세상의 모든 '영자 씨'처럼 '엄마 새끼'니까 뭐든 다 예쁘게 본 것이다.

그때 다이닝 테이블에 앉아 있던 수와 캐즈가 "Are you okay? Why are you laughing?(괜찮아? 왜 웃어?)" 하고 궁금해 했다. 그들은 더듬더듬 번역해 읊어주는 엄마 시를 듣더니 깔깔깔 온몸을 흔들며 웃었다. 그리고 "Your mom is so lovely! So cute!(너희 엄마 정말 사랑스럽다! 너무 귀엽다!)"라며 공감을 표시했다. 특히 시 말미에 '하하하하'라고 웃음소리를 써넣은 부분이 백미이다. 아직 온라인 네트워크가 구축되기 훨씬 전에 엄마는 'ㅎㅎㅎ' 혹은 'ㅋㅋㅋ' 표현을 쓴 선구자가 아닌가. 내 자존감의 원천은 바로 엄마다.

8

아버지의 편지

정애야 네 이름 불러본 지도 너무 오래되었구나.
네 편지를 받아보고 몸 건강히 학구에 열중하고 있다 하니 반가운 소식이라 생각하고 있다. 이제는 이국 생활도 많이 익숙해서 생활하는 데는 불편이 없다고 하나 너의 뒷바라지를 충분히 못해줘서 부모의 도리를 다 못하고 있는 것 같아 항상 마음 한구석이 빈 것 같구나.
이제 귀국할 날도 얼마 남지 않아 바쁘겠구나. 모든 일이 완성보다는 미완성이 더 발전할 수 있는 계기가 된다고 생각하고 앞으로 더 열심히 노력하면 더 알찬 기쁨을 갖게 될 것이다. 이국생활에서 보람을 느끼고 앞으로 사회생활에 기틀이 되고 활력소가 되었다고 생각하면 목적을 달성했다고 믿고 싶다.
귀국 일정이 6.20로 연기되었다는 향미로부터 연락을 받았다.

귀국 일자를 5월 말로 생각하고 있다가 연기되었다고 하니 너무나 지루하게 느껴지는구나. 귀국 후 계획은 어떠한지. (……) 앞으로 얼마 남지 않은 기간, 하던 일 잘 마무리 짓고 건강한 몸으로 돌아와 만나는 날을 기다리면서 이만 필을 놓는다.

2001. 4. 16. 아빠 씀

런던에서 받은 아버지 편지 중 한 통이다. 밑줄이 없는 백지에 사인펜으로 쓴 아버지 글씨는 인쇄물로 착각할 정도로 정연하다. 컴퓨터가 보급되기 전에 공문서를 손 글씨로 작성한 세대에게서 볼 수 있는 특징이다. 아쉽게도 나는 아버지를 닮지 않아서 판서 위주로 강의할 때 글씨 쓰는 일이 부담스러웠다. 아버지가 생전에 직접 작성한 '자찬묘지명(自撰墓誌銘)'을 보면, 말 그대로 '근면·성실·청렴한 공무원으로 살았다는 자부심'이 녹아 있다. 그러한 성품과 기조는 흐트러짐 없는 필체뿐 아니라 자식들에게 당부한 말이나 편지에서도 느껴진다.

엄마와 달리 표현에 인색한 아버지였지만, 5남매 한 명 한 명에 대한 관심은 엄마 못지않았다. 무엇보다 평생 가부장적 권위를 내려놓지 않았음에도 아들과 딸을 차별하지 않았다. 아버지는 남녀 차이보다는 태어난 순서에 따른 서열을 중시했다. 그런 태도는 엄마 장례식을 치르는 과정에서도 나타났다. 제상에 술을 올리거나 하관 후 흙을 뿌리기 전에 장례 지도사는 늘 해오던 대로 "장남 나오세요"라고 말했다. 아버지는 그 말이 끝나기도 전에 "정애부터 해라"라고 했다. 그 바람에 장남은 두 명의 누나 다음 순서로 밀리

2001년 런던에서 받은 아버지의 편지(김성철 사진)

곤 했다. 살아오면서 내 또래 친구들의 성장기를 들어보니 그것은 아버지의 남다른 면모였다.

위 편지는 내가 런던에 머문 지 10개월이 되어갈 무렵에 받은 것이다. 당시 나는 다가오는 6월에 영국박물관(British Museum)에서 중국의 고대 화가 고개지(顧愷之)의 〈여사잠도(女史箴圖)〉를 주제로 열릴 예정인 학술대회에 참석하고 싶어서 귀국 날짜를 연기했다. 출국 후 1년이 다 되어가는 시점이었으나 5년, 10년씩 유학한 사람들에 비하면 결코 긴 시간이 아니었다. 그럼에도 처음으로 자식을 외국에 보낸 아버지에게는 무척 길게 느껴졌나 보다. 또한 '부모로서 경제적 뒷받침을 넉넉히 해주지 못했다'는 책임의식을 떨치지 못했다. 그 몇 마디로 아버지의 속정을 충분히 느낄 수 있는 편지였다.

당시 내가 런던에서 공부를 계속하고 싶은 마음이 없었다면 거짓말이다. 하지만 동생들이 줄줄이 딸린 집안의 맏이로서 대뜸 외국에서 유학을 하겠다고 덤빌 만큼 철이 없지는 않았다. 그저 내게 허락된 시간을 잘 보내고 잘 돌아왔다.

9

일기를

쓰다

엄마 방을 정리하다가 두 권의 일기장을 발견했다. 나는 엄마 옷과 몇 가지 소지품, 그리고 일기장을 챙겨 올라왔다. 옷은 평상복으로 입고 양말도 신고 다녔다. 하지만 만 3년이 지나도록 일기장은 펼쳐보지 못했다. 세 번째 엄마 기일이 지난 후에야 마음을 다잡고 서랍에서 일기장을 꺼냈다. 첫 페이지부터 눈물이 터졌고 한 장 한 장 넘기기가 쉽지 않았다. 익숙한 글씨체, 행간에 배인 체취와 음성, 고단한 일상의 기록 앞에서 마음을 추스르기란 고역이었다. 나는 한동안 앓았고 다시 일기장을 펼칠 때까지 또 몇 년의 시간을 보내야 했다.

나는 엄마가 일기를 쓴다는 걸 알고 있었다. 일기를 쓰다가 맞춤법에 대해 물어보곤 했기 때문이다. 내가 "틀려도 괜찮으니 그냥 쓰세요"라고 했음에도 종종 확인 전화가 걸려왔다. 일기장을 넘

엄마의 일기장(김성철 사진)

기면서 엄마가 습관적으로 '내 딸'을 '네 딸'로 썼다는 걸 알게 되었다. 엄마는 10대 때부터 일기를 썼는데, 결혼을 앞두고 그때까지 쓴 일기를 모두 불태워버렸다고 했다. 결혼 이후에는 오랫동안 일기 쓸 여유를 갖지 못하다가 말년에 다시 쓰기 시작한 것이었다. 엄마가 내게 맞춤법을 물었던 시기를 되짚어보면 일기장이 더 많아야 하는데, 유품 정리 때 수습된 건 두 권뿐이었다.

엄마의 일기장 중 하나는 소녀 취향의 노트이다. 첫 장은 "2013. 10月 4日 금요일 맑음 8월 30일/ 오늘 9시 30분 타임에 수영장에 갔다"로 시작한다. 모든 일기의 첫줄에는 한자를 섞어 쓴 날짜와 요일, 날씨, 그리고 음력 날짜가 기입되어 있다. 그리고 자식들의 건강과 행복한 가정을 기원하는 기도로 끝난다. 이어지는 몇 장은 10월 5일자 일기이고 나머지는 빈 페이지이다. 10월 4일자 일기 앞에는 10여 장을 뜯어낸 자국이 있다.

또 다른 한 권은 검은색 합성피혁으로 표지를 감싼 노트이다. 각종 다이어리와 수첩을 만드는 양지사 제품이다. 전체 페이지 중 절반 정도만 사용한 상태이다. 앞쪽 10여 장에는 일기와 곗돈 수령 내역이 섞여 있다. 엄마가 2012년 3월에 총 14명의 동갑 친구들이 만든 '좀도리계'의 총무를 맡았던 것 같다. 매월 1인당 5천 원씩 낸 곗돈을 모아 뒀다가 가끔 회식을 했나 보다. 계원의 성명 옆에 금액과 받은 날짜, 곗날 사용한 금액과 잔액 등을 꼼꼼히 정리해 놓았다. 2013년 7월 4일 모임 때는 국수와 냉면을 먹었고 곗돈을 1만 원으로 인상했음이 확인된다.

이후에는 총무가 바뀌었는지 더 이상 좀도리계 관련 기록이 없다. '좀도리'는 절미(節米)를 뜻하는 전라도 방언으로 '식량이 부족하던 시절에 매 끼니마다 한 숟갈씩 쌀을 저축해 어려운 이웃에게 나누어 주는 운동'에서 유래한 단어라고 한다. 아마도 5천 원씩 소액을 모아서 쓰는 계라서 '좀도리계'라고 이름 붙인 듯하다. 10여 년 전, 5천 원의 화폐 가치가 어느 정도였는지 정확히 파악하기 어렵지만, 짜장면 한 그릇 값이 평균 4천 원 정도였다. 그야말로 소박한 액수의 곗돈인 셈이다. 여기서 엄마의 정확한 일처리 방식을 엿볼 수 있었다. 이 노트는 애초 좀도리계 장부였는데, 일기장으로 겸용하게 된 것 같다.

일기는 2014년 12월 9일부터 2015년 10월 3일까지 대략 10개월 정도 썼다. 명절 대목에는 1~2주가 비어 있기도 하나 짧게라도 꾸준히 써 나갔다. 마지막 일기가 쓰인 10월 이후에는 허리 통증이 심해져서 상경해 연세대학교 세브란스 병원에서 시술을 받았다. 하지만 증세가 호전되지 않았다. 이듬해 설을 쇤 다음 광주에 있는 병원에서 다시 검사를 받다가 병증의 심각성이 확인되었고 2월 말에 암 진단을 받았다. 마지막 일기의 날짜가 왜 2015년 10월 3일인지 이해가 간다. 그리고 6개월 후 영면에 들었으니 일기는 엄마가 남긴 마지막 기록이다.

⑩

부부싸움

2014년 12月 11日 목요일 (맑음) / 10月 21日

오늘도 여전히 기분이 좋지 않다. 저놈이 보기 싫고 밥도 해주기 싫고 정말 사는 게 지옥 같다. 오전에 싱건지 담을 배추를 씻어 놓고 우체국에 가서 돈을 찾았다. (……) 나는 왜 돈 가지고 이렇게 살아야 하는가. 도저히 알 수가 없다. 내일 장날에는 살 것이 또 있다.

위의 일기에는 아버지와 다툰 후 사흘째 우울감에 빠져 있는 엄마의 마음자리 풍경이 가감 없이 드러나 있다. 다툼의 이유는 김장 비용 때문이었다. 아버지는 엄마가 주문한 배춧값이 너무 비싸다고 여겼다. 진도는 기후가 온난한 남녘에 위치해 보통 중부지방에 비해 늦은 12월에 김장을 한다. 그래서 눈이 쌓여 있는 날 김장

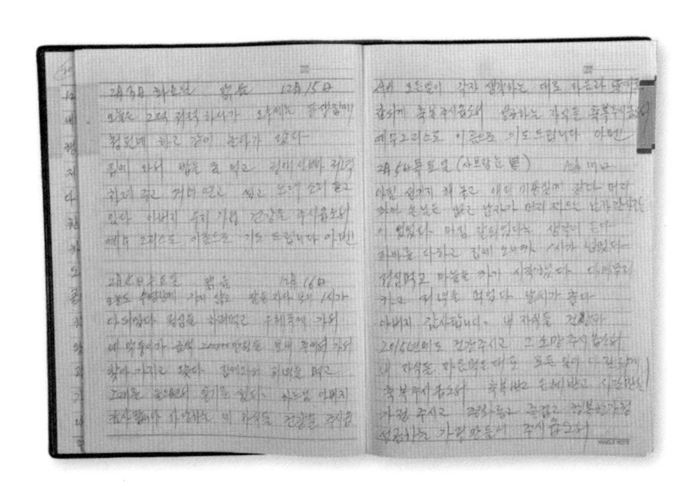

2015년 2월 일기 중 날씨 표현 '사브랑 눈, 별' 부분

(김성철 사진)

을 한 적도 있다.

아버지는 정년퇴임 이후 집에 있는 날이 늘어나면서 잔소리도 덩달아 늘었다. 엄마 소관이라 할 수 있는 부엌살림에 대한 간섭도 심해졌다. 젊어서부터 부부싸움을 하면 목소리를 높이는 아버지와 달리 엄마는 일이 커지는 게 싫어서 참는 편이었다. 그래서 하고 싶은 말을 다 쏟아낸 아버지는 금방 평상심으로 돌아갔지만, 엄마 마음은 쉽게 풀리지 않았다. 이때도 그런 것이다. '저놈'이라는 표현은 엄마가 얼마나 속상했는지 짐작케 한다.

결혼생활 내내 엄마와 아버지 사이에는 강고한 가부장적 위계질서가 작동하고 있었다. 특히 경제공동체인 가정에서 아버지가 독점한 경제권은 평생 극복하지 못한 불화의 씨앗이었다. 그날 엄마는 우체국 통장에서 자식들이 보내준 얼마 안 되는 용돈을 출금했다. 다음날 오일장에 가서 김장에 필요한 식재료를 추가로 구입하기 위해서다.

그해 12월 11일(음력 10월 21일)엔 하늘이 맑았나 보다. 엄마는 일기를 쓰면서 그날그날 날씨 정보를 기록하는 데 다채로운 표현을 사용했다. '맑음 꼭 봄날 같으다', '맑은 바람', '사브랑 눈, 볕', '추위, 봄 꽃샘추위', '아침에 비, 오후에 갬', '볕이 으스름하다', '오전 볕 오후 비' 등으로 구체적으로 서술했다. '사브랑'이라는 표현은 국어사전에 실려 있지 않으나 눈이 약간 내린 날의 경치가 눈앞에 그려질 정도로 생생하다. 일견 시구(詩句) 같기도 한 사랑스러운 표현이다.

2014년 12月 27日 토요일 (맑음) 꼭 봄날 같으다 / 11月 6日
오늘 몇 달 만에 수영장에 갔다. 서외리 언니는 장에 갔는지 수영장에 오지 않았다. 그래서 집에 올 때 병학이 아들이 집에 태워줬다. 집에 와서 빨래 준비를 해서 빨래를 시작했다. 빨래를 널고 이 일 저 일을 많이 해 놓고 황실 갔다. 아저씨가 한국 병원에 입원했다고 안 계신다. 내 동생이 너무 짠하다. 오다가 경로당에 가서 놀다가 왔다.

위의 일기는 여느 때와 같은 일상의 풍경이 주를 이룬다. 엄마는 수 년 동안 허리와 다리 통증 완화에 도움이 될까 하고 군립 수영장에 다녔다. 정식으로 수영을 하는 건 아니었고 물속에 들어가 걷는 운동이었다. 마침 우리 동네에 수영장이 생겨 멀진 않았으나 걸어 다니기엔 버거운 거리였다. 이날은 아버지 차를 이용할 수 없어 지인의 아들이 집까지 바래다준 것이다.

엄마는 집에 돌아와 빨래를 하고 춘자 이모에게 갔다. '황실'은 춘자 이모가 오랫동안 운영했던 가게 상호여서 우리도 '황실 이모'라 부르곤 했다. 엄마는 당시 병상에 계신 이모부를 간병하느라 고생하는 이모가 애처로웠던 거다. 용무가 있든 없든 엄마와 춘자 이모는 하루가 멀다 하고 만났다. 귀갓길에는 동네 경로당에 잠시 머물렀다. 쳇바퀴 돌 듯 반복된 일상의 기록이다.

⓫

프라이팬

2015년 9월 11일 화요일 맑음 / 7월 19일

어제 정애가 택배 보낸다 해서 오후에는 올는지 모르겠다. 조반 먹고 진도병원에 가서 골다공증 약을 사려고 처방전을 끊어서 안섭이 약국에 가서 사고 염증 약도 샀다. 오다가 이 여사네 가게 가서 들깻잎을 가지고 왔다. 오후에 실컷 잠을 잤다. 일어나서 이것저것 손보다가 혜정이 하고 마늘을 깠다. 5시 30분쯤 후라이판 택배가 왔다. 사랑하는 내 딸이 6개나 보내주었다.

2015년 초가을, 엄마는 아침을 먹은 후 네거리로 나가서 병원과 약국, 시장에 들러 용무를 봤다. '안섭이 약국'은 약사 이름이 친분이 있는 '안섭'이어서 그렇게 불렀다. 약은 특정 부위에 염증이 생겨 산 것인데, 몇 달째 약을 발라도 효험이 없었다. 그게 예사로운 증상이 아니었음은 엄마가 암 진단을 받은 이후에 알았다.

엄마는 외출에서 돌아와 낮잠을 잔 다음 깻잎조림에 쓸 마늘을 깠나 보다. 그리고 오후 5시 30분쯤에 택배를 받았다. 그로부터 며칠 전, 엄마와 통화하면서 프라이팬이 오래되어서 자꾸 음식이 눌어붙는다는 얘기를 들었다. 얼마 뒤 텔레비전 채널을 돌리다가 마침 홈쇼핑에서 프라이팬을 팔고 있는 걸 발견했다. 저거다 싶어서 크기와 모양이 다른 프라이팬 6개로 구성된 한 세트를 주문해 보냈다. 그날 일기가 택배 이야기로 시작해서 택배 이야기로 끝나고 받은 시각까지 써 놓을 정도로 엄마가 프라이팬을 기다렸던 것 같다. 하지만 1년 후 주인을 잃은 부엌 옆 다용도실에는 아직 포장 비닐도 벗기지 않은 프라이팬 몇 개가 남아 있었다.

⑫

장도 보고

굿도 보고

2015년 9월 12일 토요일 비 / 7월 30일

밤에 비가 왔다. 장에를 가야할 텐데 어떻게 해야 할까 하다가 10시 다 되어서 내려갔다. 내려가니 돈지 오산이 가르친 사람들이 굿을 한다. 노래도 부르고 북춤도 추고 '이산저산' 노래도 부르고. 굿을 보고 도마도 10,000원 사고 생강 2,000, 사과 5,000, 야쿠르트 2,000, 손토시 5,000 두 개 사고 파프리카 2,000. 이렇게 사가지고 왔다. 집에 와서 점심 먹고 이것저것 하다가 밤에 바깥에 그릇을 씻었다. 그리고 머리 감고 목욕했다.

이날 엄마는 오일장에 갔다. 진도 읍장은 정기적으로 끝자리가 2와 7인 날짜에 선다. 장에서 토마토와 사과, 생강과 파프리카, 야쿠르트, 그리고 팔뚝에 끼는 손 토시 2개까지 여섯 가지 품목을 구입했다. 엄마가 장본 것들을 보행 보조기에 실은 채 오르막이 있는 도로를 따라 귀가하는 모습이 눈에 밟힌다. 여느 날처럼 엄마는 다리가 아파서 중도에 몇 번이나 길가에 앉아 쉬었을 것이다.

마침 그날 장터에서 돈지 사람들이 굿을 했나 보다. 민요는 물론 북춤까지 판이 꽤 컸던 것 같다. '진도북춤'은 북을 몸에 밀착시켜 매고 양손에 든 북채로 두드리며 추는 춤이다. 엄마가 '이산저산'이라고 한 노래는 〈단가〉 혹은 〈사철가〉로 불리는 노래다. 그해 추석까지 2주가 남은 시점이니 추석맞이 놀이판이 아니었나 싶다. 엄마에게는 장보러 가서 신명나는 굿까지 구경한 수지맞은 날이었다.

엄마는 어릴 때부터 흥이 많았다. 엄마 고향인 초상마을에서는 매년 정월 초부터 대보름까지 마을의 안녕과 풍년을 비는 행사로 '걸궁(농악)을 쳤다'고 한다. 꽹과리를 잡은 상쇠가 이끄는 대로 북·장구·징과 같은 악기를 연주하며 집집마다 돌아다녔다.

초상이 부자 동네라 때로는 지산면 사람인 박병천(1933~2007) 선생을 초빙했다. 당시 20대 청년이었던 박 선생은 인물도 좋고 장구 치는 모습이 '권이 짝짝 흘렀다'고 한다. '권'은 전라도 방언으로 '귀염성' 혹은 '매력', '호감'의 의미로 쓰이며 최상의 찬사에 가깝다. 동네 사람들이 쌀과 돈을 걷어 초청에 응한 박 선생에게 사례했다. 훗날 박병천 선생은 무형문화재로 지정된 진도씻김굿 기능보유자가 되었다. 그는 국내는 물론 씻김굿의 세계화에 공헌한 국악인으로 명성이 높다. 엄마는 매년 초 마을에 걸궁 패가 뜨면 온종일 어깨를 들썩들썩하며 쫓아다녔다고 한다.

⑬

사무엘의 기도

어린 시절 창포리 본가의 행랑채에서 놀다가 낡은 그림 액자를 본 적이 있다. 방구석에 포개놓은 잡동사니 속에 섞여 있었다. 그림은 무릎을 꿇고 앉은 앳된 소녀가 두 손을 모은 채 기도하는 모습이 담긴 인쇄물이었다. 보관 상태가 좋지 않았지만, 곱슬머리와 하얀 피부, 이목구비가 뚜렷한 소녀의 이국적인 모습이 인상적이었다.

어느 날 잊고 있던 그 액자가 떠올라 엄마에게 물었더니 누가 준 거라고 했다. 그리고 처녀 때 천주교를 믿었는데, 결혼 후 시갓집의 반대로 신앙생활을 포기하게 된 사연을 들려줬다. 성품이 완고했던 친할아버지는 동네 어떤 사람이 교회에 재산을 다 갖다 바치는 바람에 집안이 망했다고 생각했단다. 아울러 가족들이 교회 근처에도 못 가게 단속했다. 그러니 엄마는 신앙생활을 엄두도 낼

수 없었고 그림 액자는 구석에 방치되었던 것이다.

나는 최근에 그 액자 속 인물이 소녀가 아니라 '사무엘이라는 소년'임을 알게 되었다. 원작은 18세기의 영국화가 조슈아 레이놀즈(Joshua Reynolds, 1723~1792)의 〈어린 사무엘〉이었다. 사무엘은 구약성서 「사무엘」에 등장하는 제사장이자 선지자로서 기도하는 소년으로 이미지화되었다. 가끔 영업용 트럭이나 택시의 앞유리에 '사무엘의 기도'로 만든 소형 액자가 매달려 있는 것을 볼 수 있다. 대개 안전운전을 기원하는 액세서리로 '오늘도 무사히'라는 문구가 기입되어 있다.

아버지도 기독교에 대해 강경한 입장이었다. '우리집 종교는 유교'라고 힘주어 말할 정도였다(할아버지는 진도향교 장의를, 큰아버지와 아버지는 진도향교 전교를 지냈다). 1970년대에는 아이들이 교회 주일학교에 가면 빵이나 과자 등 간식을 나눠 줬다. 그래서 나도 교회를 기웃거렸다. 오르간에 맞춰 찬송가를 부르고 기도하는 예배당의 분위기가 근사해 보였고 군것질거리에 대한 관심도 컸다. 그러다가 신약성서의 「마태복음」 5장부터 7장까지 줄줄 외는 성경 암송대회까지 나가게 되었다. 나는 엄마가 새로 사준 빨간 바지를 입고 배편으로 목포까지 다녀왔다. 그 덕분에 처음으로 배를 타고 멀리까지 가 보았는데, 배 멀미가 심해 고생했고 대회에서 입상하지도 못했다. 더 큰 문제는 집에 돌아와 아버지에게 혼난 일이었다. 나는 벌을 서느라 몇 시간 동안 어두컴컴하고 차가운 마래 바닥에 무릎 꿇고 앉아 있어야 했다.

엄마가 어떻게 기독교를 접한 것인지 궁금했는데, 춘자 이모

〈오늘도 무사히〉, 액자, 21세기, 35.7×28.3,cm,
국립민속박물관

에게서 흥미로운 이야기를 들었다. 국민학교를 졸업한 후 엄마와 춘자 이모를 포함해 10여 명의 소녀들이 일정 간격으로 의신면 명금리에 몰려가서 성경 공부를 했단다. 그들은 초상에서 명금까지 왕복 50리나 되는 거리를 도보로 오갔다.

성경 공부를 하는 장소는 무덤들이 모여 있는 야산 묘지의 소나무 밑이었다. 묘를 쓰느라 주변을 정비해 놓아 회합 장소로 쓰기에 알맞았다. 읍에서 오토바이를 타고 내왕한 선생님은 외국인 신부였다. 키는 자그마했고 한국말이 유창했다고 한다. 신부는 성경 말씀에 대해 설명해 주고 문제집을 나눠 주며 풀어오라고 했다. 그리고 매번 수업이 끝나면 소녀들에게 밀가루를 한두 되씩 선물로 주었다. 그 밀가루가 엄마와 춘자 이모 일행을 명금리 소나무 밑으로 모여들게 하는 진짜 이유였다. 염불보다 잿밥에 관심이 많았던 셈이다. 그러니 성경 공부를 열심히 할 리가 없었고 얼마 못가서 그만두고 말았다.

자료에 의하면, 진도에 가톨릭이 전파된 계기는 1870년경 제주도 선교를 담당했던 프랑스 신부가 목포로 가던 중 풍랑을 만나 진도에 부속된 섬인 상조도 동구리에 안착하면서 마련되었다고 한다. 1954년 11월에는 읍내 한옥 구조의 진도성당이 공소에서 본당으로 승격하였다. 초대 신부로 임명된 장옥석(루치오)이 2년 뒤 본당 건물을 새로 지으면서 한옥 성당은 없어졌다. 아울러 당시 면 단위에 개설한 6개의 공소 중 하나가 의신면 명금리 공소였다. 따라서 엄마와 친구들은 그즈음 명금리 공소에서 열리는 공부 모임에 나갔던 것이다. 오토바이를 타고 명금리를 오간 외국인 신부가 누구인지는 확인하지 못했다. 모든 것이 열악했던 시절, 묘지의 소나무를 지붕 삼아 이루어진 열정적인 선교 방식을 엿볼 수 있다.

엄마는 수차례 '서울 사는 이모'에 대해 이야기했다. 엄마가 좋아하고 따랐던 그 이모는 외할머니의 여동생으로 결혼 후 서울에 거주했고 기독교 신자였다. 엄마는 "결혼하지 않고 이모에게 갔더라면 인생이 달라졌을 텐데……" 하며 아쉬워하기도 했다. 엄마가 교회에 나가지 않았음에도 기독교식으로 기도를 한 것은 그런 경험들과 무관하지 않은 듯하다.

아래 2015년 3월 11일 일기는 엄마가 낮에 목욕탕에 갔고 굴을 넣은 매생이국을 끓여 저녁 밥상에 올렸음을 알려준다. 엄마는 내게도 매생이국을 끓여 택배로 보내주곤 했다. 그날 춘자 이모의 둘째 아들인 용범이가 취직이 되었다는 소식도 들었다.

2015년 3월 11일 수요일 맑음 추위 / 1월 21일
날씨가 봄 날씨 같아도 곧 춥다. 오후에 목욕을 갔다. 뜨거운 물에 오랫동안 있을 수가 없이 속이 좀 매식거린다. 내가 감기에 오랫동안 시달려서 그런 것 같다. 목욕하고 오다가 시장에 가서 매생이와 석화를 사가지고 왔다. 저녁을 먹고 내 동생이 용범이가 되었다고 전화를 해서 정말 마음이 편하다. 잘 되었다고 생각했다.
아버지 감사합니다. 축복받고 은혜 받고 사랑받는 가정 만들어 주시고 평화롭고 즐겁고 행복한 가정 주시옵소서. 형제간에 화목하고 우애 있고 믿는 가정 주시옵소서. 사랑하는 내 자

식들 건강을 주시옵소서. 성공 길 열어주시고 항상 즐겁고 행복한 날 주시옵소서.

이날 일기의 말미에는 위의 인용문에 맞먹는 양의 기도문이 덧붙여져 있다. 아들과 딸, 며느리, 사위, 손주들까지 한 명 한 명 이름을 거명하며 쓴 기도문이다. 엄마의 모든 일기는 자식들과 가정의 안녕을 비는 기도로 끝난다. 일기를 쓴 목적이 기도에 있는 것처럼 보인다. 그런 엄마의 기도문이 내 기억 속 '사무엘의 기도'에 관한 흐릿한 영상을 재생시켰다.

⓮

엄마의 장바구니

마늘이 좋아서 13,000원 주고 사고 고무줄 5,000, 무우 2,000, 청양고추·빨간고추 4,000, 생강 5,000, 남도건어물 버섯 30,000, 당근 2,000, 보리 2,000 이렇게 샀다. 눈이 몰아친다. (2014년 12월 12일 금요일)

내 정애가 보내준 돈을 찾았다. 클레프에 가서 우유 사고 위생장갑도 사고 고무장갑도 샀다. (2015년 1월 19일 월요일)

광주약국으로 갔다. 골다공증 약·반창고 12,000원 주고 진도의원에 18,000 주고 우유 2,800 사고 지순네 집에서 매직 2,000 사고 발 카바 6,000원 3개 사고 달래 5,000 주고 샀다. (2015년 2월 6일 금요일)

시장에 가서 도마도 5,000, 멸치 5,000, 명태포 5,000, 클레프 우유·달걀 5,700원. 집에 와서 국을 끓였다. (2015년 5월 26일 화요일)

우체국에 가서 금액 200,000원을 찾아서 광주상회 가서 검정 냄비 22,000원 주고 사고 물 먹는 하마 3,000, 우유·달걀 5,500, 수선집 3,000, 세탁소 6,000, 이불, 10,000 사고, 선예네 집에서 마늘 1접 샀다. 합계 69,500원이 들어갔다. (2015년 6월 22일 월요일)

하나로 마트 가서 가정에 쓰는 여러 가지를 샀다. 세제, 우유, 다시마, 올리고당, 엿을 사니 계산서가 90,000원 돈이 다 되었다. 오다가 옥봉이네 정육점에서 소고기 안심 20,000, 강판 3,000, 떡 3,000, 밤 10,000, 포도 10,000, 달걀 3,000 이렇게 샀다. (2015년 9월 4일 금요일)

시장에 가서 멸치 15,000, 명태 5,000, 떡 3,000, 우유 3,000, 듬북 40,000, 고추지 3,000, 바지락 이렇게 사가지고 왔다. (2015년 9월 8일 화요일)

일기는 엄마의 가계부이기도 했다. 위와 같이 발췌한 내용만 보더라도 엄마가 어디에서 장을 봤고 장바구니를 채운 품목이 무엇이었는지 알 수 있다. 읍내 오일장과 하나로 마트, 클레프 마트를 이용했고, 옥봉이네 정육점처럼 품목에 따라 정해놓고 다니는 가게도 있었다. 다만 개별 물품의 구입 가격만 있고 정확한 양이 기입되지 않아서 생활 물가를 가늠하기는 어렵다.

장바구니 속에는 2월의 '달래'처럼 계절 식재료가 있는가 하면 향토음식 중 하나인 '듬북'도 있다. 미역과 비슷한 듬북은 진도 특산물 중 하나이다. 뜸부기·듬부기·뜸북 등으로 불리는 해초로 청정 해역에서만 채취할 수 있는 고급 식재료이다. 진한 쇠고기 국물과 오돌오돌 씹히는 건더기가 일품인 '듬북국'은 진도의 대표적 향토음식으로 자리 잡았다. 진도에서는 경조사 때 마당에 가마솥을 걸고 푹 끓인 듬북국을 대접해 왔다고 한다. 엄마도 설날 아침에 떡국을 먹고 나면 다음 끼니를 위해 듬북국을 끓였다.

지금 남아 있는 일기를 보면, 엄마는 1년여 기간 동안 한 번도 옷을 산 적이 없다. 식재료와 약품, 기타 생활용품 구입이 전부이다. 특별히 눈에 띄는 물품이 검정 고무줄·위생봉투·반창고·유성매직이다. 식재료를 담는 위생봉투를 제외하면 가정주부가 자주 구입하는 것들이 아니다. 유품을 정리하면서 집안 여기저기에서 가위와 검정 고무줄, 반창고 등이 담겨 있는 바구니를 발견했다. 그 위치는 엄마가 택배를 포장한 장소와 동선을 의미했다. 엄마의 장바구니에 담긴 식료품들도 대부분 조리 후 포장을 거쳐 택배회사로 운반되었다. 택배 상자에 붙은 송장의 수신인은 다름 아닌 자식들이었다.

맨 아래 2015년 9월 8일의 일기처럼 흔히 '지렁이가 기어간 흔적 같다'고 표현하는 볼펜자국이 발견되는 페이지들이 있다. 엄마가 일기를 쓰다가 졸았던 것이다. 그처럼 고단한 밤에도 엄마는 종교 의식을 치르듯 일기를 써 나갔다.

15

엄마의 레시피

지금도 우리집 냉동실에는 '정애 매실장아찌'라는 라벨이 붙은 반찬통이 있다. 와인이 아니라 매실장아찌가 9년째 숙성 중(?)이다. 그건 2015년 여름에 엄마가 택배로 보낸 반찬 중 하나이다. 원래 냉장실에 있었는데, 엄마가 시한부 선고를 받게 되자 남은 장아찌 통을 냉동실에 넣었다. 엄마의 레시피도 시한부 선고를 받았다는 두려운 예감 때문이었을까.

일기를 통해 엄마가 2015년에 매실청을 담근 시기가 확인된다. 그해 6월 17일자에 엄마가 '미리 주문한 매실 값 7만 5천 원을 지불하고 마트에서 8천 원 주고 설탕을 샀다'는 내용이 들어 있다. 아마도 매실을 구입하고 머지않은 시기에 매실청을 담갔을 것이다. 엄마는 내친김에 매실장아찌까지 담아서 택배로 보냈다. 지금껏 냉동실에서 숙성 중인 그 매실장아찌다.

매실청의 레시피는 깨끗하게 손질한 매실과 설탕을 일대일 비율로 섞어서 햇볕이 들지 않는 서늘한 곳에 보관하는 것이다. 그리고 대략 100일이 지난 시점에 발효된 진액을 거른다. 하지만 엄마의 매실청은 1년이 넘도록 행랑채에 방치되어 있었다. 그해 가을부터 엄마가 광주와 서울의 병원을 오갔기 때문에 매실청을 손보지 못한 것이다. 결국 엄마가 떠나신 후에야 유품이 된 매실청 용기의 봉인이 해제되었다.

'엄마 밥'은 진리다. 예나 지금이나 '엄마 밥'은 불멸의 진리다. 미슐랭 쉐프의 성찬도 하루 이틀이지 365일 먹어도 질리지 않는 건 역시 '엄마 밥'뿐이다.

엄마는 외할머니를 닮아 음식 솜씨가 좋았다. 한식의 기초라 할 수 있는 장맛이 좋았고 다양한 종류의 김치 명장이었다. 밥상에 오르는 기본 찬은 물론이고 각종 행사 음식에도 조예가 있었다. 이미 1970년대부터 식혜와 수정과, 화채, 양갱, 찹쌀떡, 찹쌀도넛 등 잔칫상을 풍성하게 하는 디저트를 척척 만들어냈다. 찬장 안에 화채용 과일을 찍어내는 꽃모양 요리 칼과 양갱을 물결 모양으로 자르는 웨이브칼 등의 조리도구가 구비되어 있었다. 할머니에게 인사차 들르는 친척들과 아버지의 직장 동료들까지 연중 집에서 식사를 대접하는 일이 끊이지 않았다. 많아도 너무 많았다. 그렇게 가족뿐 아니라 손님 밥상을 차리느라 정작 본인을 위한 식단은 챙기지 못했다.

나는 뒤늦게 '엄마가 한식당을 열었더라면 좋았을 거'라고 생각한 적이 있다. 엄마의 레시피라면 성공하고도 남았을 것 같았다.

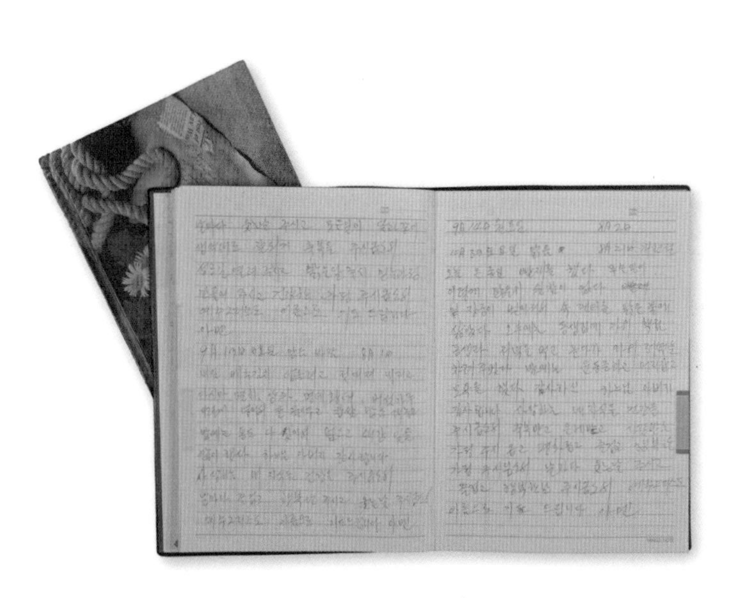

엄마 일기 중 김치 레시피가 적힌 부분

(김성철 사진)

밝고 사교적인 엄마의 성품에 이끌린 단골 고객도 많았을 것이다. 엄마 자신이 가진 달란트로 식당을 운영했다면, 보다 주체적이고 자율적인 삶을 살 수 있었을 거라는 생각이 들어서다. 문득문득 '엄마 밥'이 그리워 흉내라도 내 보고 싶지만 엄마의 레시피를 구할 길이 없다. 날씨에 대해 '맑은 바람'이라 쓴 2015년 9월 13일 일요일 일기에서 다음과 같은 배추김치 레시피를 발견한 게 전부이다.

> 2015년 9월 13일 일요일 맑은 바람 / 8월 1일
> 내일 배추김치 담으려고 젓 대려 내리고 다시마·멸치·양파·명태·황태·버섯가루 이렇게 넣어서 잘 끓여 두고 찹쌀밥도 해놓고 밤에는 (김치)통도 다 씻어서 엎어 놓고 대강 일을 많이 했다.

배추김치 양념에 들어가는 육수 재료가 6가지다. 엄마가 끓여서 걸러둔 젓갈은 멸치젓이었을 가능성이 높다. 이 레시피를 참조해 육수와 젓갈과 찰밥, 그리고 고춧가루를 섞은 양념을 준비해 소금에 절인 배추를 버무리면 김치의 꼴은 갖추리라. 그렇지만 그 김치가 내 혀와 뇌까지 설득하지는 못할 것임을 안다.

김치는 말할 것도 없고 우리 오남매가 이구동성으로 먹고 싶어 하는 음식 중 하나가 '술빵'이다. 막걸리로 발효시킨 술빵은 전통시장은 물론 길거리 포장마차에서도 쉽게 볼 수 있다. 인터넷 카페나 블로그에 올라와 있는 술빵 레시피도 넘쳐난다. 밀가루·막걸리·설탕·소금·소다 등 빵 반죽에 들어가는 기본 재료는 거기서 거기다. 반죽을 일정 시간 발효시킨 후 찜기에 찌는 조리법도 같다.

그럼에도 엄마가 만든 술빵의 모양과 색깔, 맛을 내는 술빵은 어디서도 구할 수 없다.

엄마 술빵은 색깔이 갈색에 가까웠고 막걸리 냄새가 섞인 독특한 향이 났다. 엄마가 백설탕이 아니라 황설탕을 썼기 때문에 진한 겨자색을 띠고, 막걸리를 많이 넣어서 그런 향이 났던 것일까. 반질반질한 빵의 외피와 쫀득쫀득한 속살, 그리고 특이한 냄새까지 중독성을 지닌 맛이었다. 술빵은 재료비가 저렴하고 조리법이 간단해서 엄마가 자주 만든 간식이었다. 자식들이 워낙 좋아하니까 술빵을 쪄서 냉동시킨 후 택배로 보내주기도 했다. 엄마의 택배가 끊긴 지 10년이 다 되어 간다. 엄마의 레시피로 만든 술빵을 먹어본 지도 그만큼 오래되었다.

16

노란 고무줄

지하철역 4번 출입구 앞 가로수 아래 좌판이 눈에 들어왔다. 백발의 할머니가 인도에 하얀 매트를 깔고 잡화를 진열하고 있었다. 고무줄을 비롯해 똑딱단추·면봉·옷핀·헤어핀·면장갑·때타올·손톱깎이·귀이개·식소다·구슬 팔찌 등 상품 종류가 수십 가지다. 가격은 고작 1~2천 원에 불과하다. 실생활에 필요하긴 하지만 백화점이나 대형마트에서는 구하기 힘든 소소한 물품이 대부분이다.

여름이었다. 그날도 지하철역에서 몇 미터 떨어진 길바닥에 좌판이 펼쳐져 있었다. 낯익은 검정 고무줄이 보여 한 묶음 구입했다. 어린 시절, 질기면서도 싼 검정 고무줄을 바지나 치마, 속옷의 허리춤에 끼워 썼다. 혹시 고무줄이 늘어나 헐거워지면 헌 고무줄은 빼서 버리고 새 고무줄 끝에 옷핀을 물려 허리춤 구멍에 밀어 넣었다. 여자 어린이들이 즐긴 고무줄놀이의 필수용품도 검정 고

노란 고무줄을 파는 노상의 좌판

무줄이었다. 또한 엄마는 자식들에게 보내는 택배 포장에 튼튼한 검정 고무줄만 사용했다. 나는 당장 필요하지도 않은 검정 고무줄을 집어 값을 치른 다음 할머니에게 말을 걸었다.

할머니는 젊은 시절 노점을 하다가 단속반에 쫓긴 일부터 압수당한 물건을 찾으러 파출소에 갔던 일, 통행금지가 풀릴 때까지 파출소에서 밤을 샌 일, 나중에 가게를 임대해 장사한 일까지 약간 퉁명스러운 말투로 풀어냈다. 그리고 "지금은 돈을 벌기 위해 나온 게 아니야. 집에만 있으려니 심심해서 나왔어. 또 장사를 하면 머리를 써야 하니까 치매를 막는 데 도움이 될 것 같아서 가끔 나와"라고 했다. 구순을 앞둔 1937년생이고 장사해서 자식들 키우느라 고생했다고 하는데도 할머니는 낯빛이 맑고 정정해 보였다. 내친김에 노란색 고무밴드 한 봉지를 더 산 다음 일어섰다.

그 할머니를 몇 개월 만에 다시 만난 것이다. 당시 살아온 얘기를 해주던 할머니는 대뜸 "그런걸 뭐 하러 물어봐?"라고 했다. 나는 "엄마가 생각나서요"라고 대답했다. 보통 '고무 밴드'라고 부르는 두께가 얇은 노란 고무줄은 요즘도 많이 사용한다. 미용실에서 쓰는 파마 도구이고 물건의 포장재로 두루 쓰인다. 가격도 저렴하다. 하지만 옛날에는 그것도 귀한 물건이었다.

엄마는 내가 여섯 살이 될 때까지 한 번도 머리를 잘라주지 않았다. 갈색에 가까운 머리카락 색깔 때문에 내게 '노랑단이'라는 별명이 붙었단다. 그 시절 엄마는 어쩌다 노란 고무줄이 생기면 잘 보관해 두었다가 내 머리를 묶거나 땋아줄 때 썼다고 했다. 모든 물자, 특히 공산품이 귀했던 시대라 노란 고무줄의 가치가 상상 이상이었던 것이다. 허리까지 늘어졌던 내 머리는 여섯 살 때 머릿니와 서캐가 생기는 바람에 단발로 자르게 되었다. 한번 자르고 나니 머리카락 색깔도 점점 까매졌다고 한다.

그 이후에는 주기적으로 엄마 손에 이끌려 이발소에서 자른 단발머리 스타일을 유지했다. 엄마가 많은 식구들을 수발하느라 바빠서 더 이상 내 긴 머리를 손질해 주기 어려웠던 것이다. 한번은 내가 머리를 안 자르겠다고 하자 시장에서 물고기 모양의 장식이 붙은 머리핀 하나를 사주었다. 새 머리핀에 넘어간 나는 엄마 손을 잡고 이발소로 향했다. 책상 서랍을 열 때마다 좌판에서 산 검정 고무줄과 노란 고무줄이 시선을 붙든다.

17

택배 보내기

백운동로터리에서 엄마를 기다렸다. 나주 방향에서 진입한 고속버스가 도로변에 서더니 문이 열리고 하차하는 승객들 틈으로 엄마가 보였다. 누군가 버스 측면의 짐칸 문을 들어 올리자 엄마가 짐을 꺼내기 시작했다. 아스팔트 위에 분홍·노랑·파랑 등 알록달록한 보따리가 쌓였다. 엄마는 손가락으로 짚어 가며 열 개가 넘는 짐의 개수를 세어 보더니 "다 내린 거 맞다"고 했다. 짐칸의 문이 닫히고 버스는 터미널을 향해 출발했다.

그날 나는 진도에서 올라오는 엄마를 마중하러 나갔다. 매번 그런 것은 아니었다. 1980년대 진도-광주 노선의 버스는 백운동로터리에서 잠시 정차했다. 공용 정류장이 아님에도 일부 승객들이 도중에 하차할 수 있도록 배려했다. 나와 동생들이 자취하던 집도 버스터미널보다 백운동에서 더 가까웠다. 엄마와 나는 택시를 잡아 그 많은 짐보따리를 자취집으로 옮겼다.

당시에는 택배 서비스가 없었다. 우리나라 최초의 택배는 1992년 2월에 개시된 주식회사 한진의 '파발마'로 확인된다. 진도에 택배영업소가 생기고 엄마가 택배를 본격적으로 이용한 시기는 1990년대 후반부터다. 그 이전에는 쌀과 식재료, 기타 물품들을 고속버스에 실어 날랐다. 내가 마중한 날은 유독 짐이 많아서 백운동에서 만나기로 한 것이었다. 사실 엄마의 짐은 항상 많았다. 한두 개 차에 놓고 내려도 이상하지 않았다. 그럼에도 엄마가 짐을 빠트리는 일은 없었다.

택배사업에 진출한 회사가 늘어나고 이용객이 확대되면서 엄마가 버스 짐칸을 채우는 일은 점차 줄어들었다. 대신 엄마는 여러 도시에 흩어져 사는 자식들에게 수시로 택배를 보냈다. 결혼한 자식까지 예외 없이 곡식과 반찬, 과일, 보양식품 등 온갖 먹거리를 싸서 보냈다. 하루 만에 도착하는 택배의 배송 시스템이 엄마의 수고를 덜어준 게 아니라 일을 더 늘린 격이었다.

한번은 집으로 택배 상자를 가지러 온 기사가 엄마더러 '도대체 자식이 몇 명이냐'고 물었다고 한다. 엄마가 그만큼 자주 호출하는 단골 고객이었던 것이다. 엄마가 아주택배·씨재희(CJ택배)·현대택배·동부택배·대한통운 등 택배사 전화번호를 따로 기입해 둔 메모가 남아 있다. 언젠가 내가 우스갯소리로 "만일 택배올림픽이 있다면 엄마가 금메달을 딸 거"라고 했더니 곧장 "그라제" 하고 응수하고 웃으셨다. 엄마의 일기는 투병을 시작하기 직전까지 '택배 보내기'가 계속되었음을 보여준다.

과일가게에 들러서 배 5개 12,000, 사과 10,000, 노란 과일 10,000, 딸기 12,000 이렇게 사가지고 집에 와서 미나리를 데치고 낙지를 볶고 택배 준비를 하는 것이 몸이 너무 힘이 든다. 정애 1박스, 막둥이 1박스 싸서 가져갔는데, 부엌이 손댈 수 없이 어질러졌다. 아무것도 하기 싫고 눕고만 싶다.

(2015년 3월 26일 목요일)

이날 보낸 택배의 준비는 사흘 전인 3월 24일부터 시작되었다. "막둥이 택배 때문에 오전에 명품관에 갔다. 미역 40,000, 다시마 10,000, 달래 3,000, 청양고추 3,000, 마늘 7,000 이렇게 사가지고 와서 미역국을 끓였다." 그 이튿날인 25일 일기에는 "막둥이 택배, 정애 택배 하려고 미역국을 싸고 반찬도 했다"라고 쓰여 있다. 그리고 26일에 택배를 발송한 것이다.

여느 때처럼 엄마는 집과 시장을 오가기를 반복한다. 음식의 종류에 따라 냉동실에 넣어 얼리거나 냉장한 다음 겹겹이 포장해 검정 고무줄로 묶고 아이스박스에 담는다. 그리고 택배사에 전화를 걸었을 것이다. 일은 거기서 끝나지 않았다. 부엌에는 폭탄 맞은 것처럼 각종 조리도구가 널브러져 있었기 때문이다. 하지만 엄마는 택배 때문에 녹초가 된 사실은 내색하지 않았다. 전화로 "내 딸에게 택배를 보내고 나니 마음이 날아갈 것 같이 좋다"고, "내일 도착하니까 받아서 잘 먹고 다녀야 한다"고 당부하곤 했다.

엄마는 아이스크림만 빼고 다 보냈다. 내가 바쁘고 힘들다고 김치 중 일부는 따로 썰어서 보냈다. 생선은 다 구웠으니 데워 먹기만 하라고 했고, 국이나 나물은 상할까 봐 꽁꽁 얼려 보냈다. 반찬 외에 계절별로 떡과 과일, 심지어 요구르트도 사 보냈다. 반찬용기는 혹여 음식이 샐까 봐 포장용 비닐로 몇 겹씩 쌌다. 내가 몇 차례 "쌀과 김치만 보내주게"라 했고, 일부러 "다른 거 보내면 반송시킬 거"라고 얘기한 적도 있지만 소용이 없었다. 그런데 마음속 또 다른 내 얼굴은 엄마의 택배를 반기고 있었다. 엄마 음식이 맛있었기 때문이다. 누가 뭐래도 가장 맛있는 밥이 엄마 밥이었으니 말이다.

세상의 모든 '영자 씨'가 그랬듯이 엄마는 자식들을 오로지했다. 앳된 자식들을 품에 끼고 살지 못하고 도시로 떠나보내서 더 그랬던 것 같다. 초등학생인 내가 고향집을 떠나게 되었을 때, 큰방 옆 마래에서 광주로 가져갈 짐을 싸면서 엄마가 했던 말이 잊히지 않는다. "니가 지금 가면 앞으로 평생 엄마랑 같이 살 수 없을 거"라는 것이었다. 엄마 말이 맞았다. 그 이후로도 엄마는 몇 년 간격으로 집을 떠나는 자식들의 짐을 싸야 했다.

엄마는 창포리에 살다 읍내로 분가한 후 셋방살이를 하며 마침 중학교에 진학한 시댁 조카들과 함께 살았다. 내 친가의 큰아버지와 고모의 아들들이었다. 나이가 들어서는 읍내 고등학교에 진학한 복만 오빠의 두 아들, 그러니까 손자들을 몇 년씩 거두었다. 나 역시 광주 큰아버지 댁에서 초등학교의 마지막 학기를 보냈다. 당시에는 학업을 위해 부모를 떠나 친인척 집에서 신세를 지는 경우가 적지 않았다. 면 단위에서 읍으로, 군 단위에서 시로 상급학교에 진학하면서 벌어지는 일이었다. 친인척들은 대부분 제 자식처럼 보살폈다. 엄마가 조카들과 손자들에게 그랬고, 광주 큰엄마는 자기 자식들이 여럿임에도 나까지 떠맡았다. 어느덧 구순이 넘은 큰엄마, 김회녀 여사는 지금도 한결같은 관심과 사랑으로 나를 대하신다.

그 시절의 세태가 그랬을지언정 정작 엄마가 '제 자식'의 밥상을 차리지 못하는 아쉬움은 컸다. 나는 나대로 부모와 떨어져 지내면서 모종의 결핍감 속에서 성장한 것 같다. 택배는 부모자식 관계에서 엄마의 내면에 자리한 허기를 해소하는 창구가 되었다. 아울러 엄마의 택배는 내 밥상을 채우는 동시에 마음속 허기를 달래주는 종합선물세트와 같았다.

⑱

택배와 쪽 메모

- 정애 나나스끼. 너무 짜다. 조금씩만 먹어라. 냉장 보관.
- 정애 인삼을 꿀에다 재놓았다. 조금씩 떠서 먹어라. 벌이 여러 가지 꽃을 먹고 딴 꿀이다.
- 내 사랑하는 내 금 딸. 진도 집 간장. 설에 떡국 끓여 먹고 김 구워서 먹어라. 엄마 간장.
- 정애 누룽지 끓여서 잘 먹어라. 정애야 누룽지가 팥도 들어가고 보리콩도 들어갔으니 쌀 누룽지가 더 부드러웁지만 여러 가지 잡곡이 들어가서 좀더 누룽지가 까랍다.
- 보고 싶은 내 딸아. 이 무우국을 엄마가 먹고 싶어서 끓였는데 국이 진미가 없어서 생각해 보니까 마늘을 넣지 않고 끓여서 다시 마늘을 넣어서 끓였더니 무우가 다 녹아졌다. 물렁물렁하지만 한 가지 국만 먹으면 질리니까 된장국도 가끔

씩 먹으라고 엄마가 보낸다. 잘 먹고 건강하라고 보낸다.

이상은 엄마가 내게 택배로 보낸 반찬에 써 붙인 '쪽 메모'이다. 이런 방식의 메모를 가리키는 단어가 없어서 '쪽지'를 연상시키는 '쪽 메모'라 부르기로 한다. 위의 메모는 각각 울외장아찌(나나스끼)·인삼청·국간장·누룽지·뭇국에 붙어 있었다. 내가 보관해온 쪽 메모 중 일부이고, 서로 다른 시기에 받은 택배 상자에서 나온 것들이다.

평소 엄마는 각종 양념과 식재료를 냉동실에 보관하기 전, 용기 겉면에 내용물의 이름과 입수 날짜 등을 적었다. 엄마가 여러 날 집을 비우게 되면, 아버지가 쉽게 찾을 수 있도록 냉장고 속 반찬통에 흰색 의료용 반창고를 붙이고 유성매직으로 메모를 해뒀다. 엄마가 떠나시고 아버지가 홀로 남게 되자 나와 동생들도 아버지의 반찬 용기에 라벨을 붙였다. 엄마가 사둔 반창고와 매직을 이용해 엄마처럼 써 붙였다.

엄마의 라벨링 작업은 일반적인 수준에 머물지 않았다. 자식들 앞으로 보내는 택배 속 반찬과 물품에 편지 같은 쪽 메모를 동봉한 것이다. 그 내용은 누구 몫의 무슨 반찬인지부터 먹는 방법, 보관 방법, 조리 날짜와 과정 등에 관한 정보들이다. 콩이나 고춧가루에 농사지은 지인의 성명과 시기가 기입되어 있기도 했다. 엄마가 왜 그렇게 열심히 반창고와 매직을 구입했는지 알 수 있다.

내게 보낸 인삼청 용기에는 "벌이 여러 가지 꽃을 먹고 딴 꿀이다"라고 썼다. 엄마의 따뜻한 감성과 표현력은 택배의 쪽 메모에

엄마가 택배로 보낸 냉동 뭇국의 쪽 메모

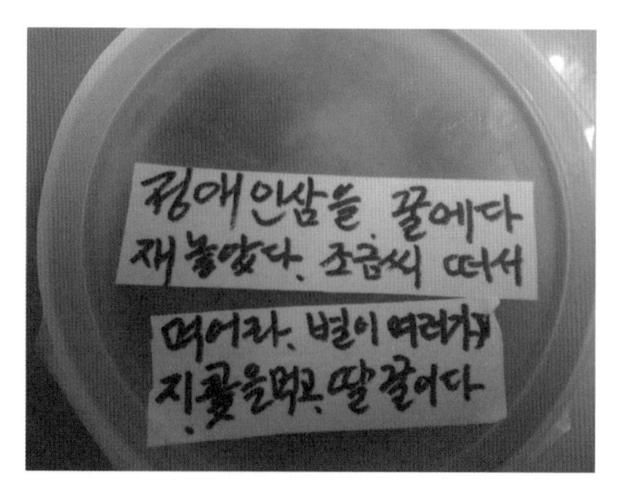

엄마가 택배로 보낸 인삼청에 써 붙인 쪽 메모

서도 빛을 발한다. 누룽지와 뭇국에 관한 설명은 엄마가 곁에 앉아 얘기하는 듯하다. 나는 이런 쪽 메모를 읽느라 택배 정리에 많은 시간이 걸리곤 했다. 당연히 엄마가 보낸 반찬을 허투루 먹을 수도 없었다. 엄마가 보낸 물품은 무엇 하나 소홀히 취급할 수 없었다.

이처럼 엄마는 평소 다양한 방식으로 자식들과 끊임없이 소통했다. 전화로, 편지로, 택배의 쪽 메모로 마음을 전했다. 엄마는 다 큰 자식들과 스스럼없이 포옹하거나 뽀뽀를 했고 "사랑해"라는 표현도 아끼지 않았다. 1년에 두어 번 고향집에 내려가 "엄마" 하고 부르며 현관을 들어서면, 부엌에서 "어야! 내 딸 왔네" 하는 대답이 들렸다. 자식들이 오면 먹이려고 며칠 전부터 얼마나 서둘렀을지 짐작하고도 남았다. 나는 싱크대 앞에 서 있는 엄마 뒤에서 폭신한 허리를 감싸 안았다. 그 순간 비로소 '집에 왔다'는 안도감이 밀려들었다. 엄마는 오직 자식들에게로 뻗치는 더듬이를 장착한 '어미'로 살았다.

그 기저에는 부부관계, 바로 엄마와 아버지 사이의 소통 문제가 있었다고 생각한다. 나는 친인척과 지인들의 경조사 같은 제한적 화제 외에 두 분이 소소한 얘기를 주고받는 모습을 본 기억이 없다. 아버지는 집안의 대소사도 엄마와 상의 없이 독단적으로 결정하고 통보하는 일이 잦았다. 아버지 입장에서는 오랜 세월을 통해 체화된 자연스런 일이었을 것이다. 우리 부모 세대의 많은 가정이 그랬듯이 권력 구조의 추가 한쪽으로 심하게 기울어져 있었다. 엄마는 그런 가부장적 위계질서에 저항하지 못했다. 일기에서도 50년 이상 결혼생활을 하는 동안 아내로서 그닥 행복하지 않았음을 토로한 대목이 발견된다.

이러한 부부관계는 맥락이 완전히 일치하지는 않으나 프랑스 작가이자 철학자인 시몬느 드 보부아르(Simone de Beauvoir, 1908~1986)의 여성에 대한 분석과 상통한다. 보부아르는 1949년에 출판한 『제2의 성』에서 '어머니'라는 존재에 대해 논하면서 "남성(남편)으로 인한 욕구 불만을 지닌 여성(아내)은 아이(자식)를 통해 보상받으려 한다"고 했다. 그러니까 남편과 살갑게 소통하지 못한 여성으로서의 삶이 엄마의 온 신경을 자식들에게 쏠리게 했다고 볼 수 있다. 내 눈에는 택배 속 쪽 메모에서 20세기 전반 여성으로 태어난 엄마의 어깨를 짓누른 삶의 무게와 외로움이 읽힌다. 부디 나까지 엄마를 외롭게 만들지 않았기를 빌지만 솔직히 자신이 없다.

⑲

기분 좋은 날

엄마는 2남 3녀를 낳아 길렀지만, 살아생전 품에 안은 손주는 넷뿐이었다. 도형·제혁·제준 등 모든 손주들에 대한 사랑이 지극했지만 가장 어린 친손주 연서에 대한 사랑이 각별했다. 6개월의 투병 기간 동안 두 돌이 채 안 된 연서의 재롱은 엄마에게 가장 강력한 항암제이자 진통제였다.

아기 연서는 엄마를 '또또할미'라고 불렀다. 첫돌 무렵 걸음마를 뗀 연서가 호기심이 발동해 물건을 만지며 돌아다니면, 혹여 다칠까 봐 엄마가 "또! 또!"라고 하며 제지했기 때문이다. 연서는 "할머니가 어떻게 걸어가?"라고 물으면, 엄마처럼 허리를 구부린 채 걸었고, 서투른 발음으로 "또! 또!"라고 흉내 내며 엄마를 웃게 만들었다. 한 마디로 연서는 '효손'이었다. 급기야 다른 가족들도 연서처럼 엄마를 '또또할미'라고 불렀다. 일기장을 넘기다 보면 연서의 돌잔치에 관한 내용이 나온다.

2015년 7월 4일 토요일 맑음 / 5월 19일
즐거운 마음으로 돌잔치에 도착했다. 기분이 너무 좋다. 그런데 우리 아들이 살이 너무 빠져서 마음이 편치 않다. 사람들이 많이 오고 형제간들과 친척들이 많이 왔다. 선옥이도 차려놓으니 이쁘고 우리 연서도 이쁘고 기분이 좋다.

2015년 7월 18일 토요일 / 6월 3일
오늘 신흥 떡 방앗간에 가서 (떡을) 찾고 시장에 내려가서 시래기, 멸치를 사서 가지고 오고 윤옥이네 가게에서 음료수 1개를 사고 집에 (있는) 소주 1병 가져가고 묵은 김치 썰고 해가지고 갔다. 마침 수박을 가지고 와서 떡과 수박을 먹었다. 그래도 잘 먹었다고 한다. 인제 우리 연서 돌 기념으로 술 한 잔씩 줘서 기분이 좋다.

연서는 장남 부부가 결혼하고 10년 만에 시험관 시술로 얻은 아기이다. 연서의 탄생은 우리집과 사돈댁 양가에 큰 경사였다. 2015년 7월, 일가친척과 지인들을 초대해 왁자지껄하게 돌잔치를 한 것도 그 때문이었다. 엄마는 연서는 말할 것도 없고 고운 한복을 차려입은 며느리 모습이 예뻐서 기분이 더 좋으셨나 보다.

돌잔치를 마치고 고향으로 내려간 엄마는 2주 뒤에 연서의 첫돌을 기념해 동네 사람들을 대접했다. 경로당에서 엄마가 준비한

2019년 설을 쇠고 할아버지 손잡고 '또또할미' 성묘 가는 연서(박영현 사진)

떡과 술, 음료수, 수박, 김치 등을 나누어 먹은 조촐한 자리였다. 시골에는 여전히 주민들 사이에 일상의 자잘한 기쁨과 슬픔을 공유하는 문화가 남아 있다. '뉘 집 숟가락이 몇 갠지'까지 알 수는 없지만, 오며가며 서로의 안부를 묻고 집안 대소사를 챙긴다. 연서의 첫돌을 기념한 자리도 소박하지만 따뜻하다. 일기 속 "기분이 좋다"고 쓴 대목에서는 분꽃처럼 환하게 핀 엄마 얼굴이 떠오른다. 엄마가 좋다니 일기를 읽는 나도 기분이 좋았다.

아기 연서는 항암 후유증으로 머리카락이 다 빠진 '또또할미' 곁에 찰싹 붙어 있곤 했다. 올케의 품에 안긴 채 참석한 엄마 입관식 때도 연서는 울지 않았다. 그로부터 3년이 지난 설날, 고향집에서 차례를 지낸 후 '또또할미'의 성묘에 나선 연서 모습이 담긴 사진이 있다. 사진을 보면, 그 사이 연서가 훌쩍 자랐다. 또래의 친구들처럼 핑크색을 좋아하고 발목까지 늘어지는 드레스만 입는 공주님이 되었다. 연서는 낯가림이 심하고 예민한 아이였지만 할머니와 할아버지를 따르고 좋아했다. 그날도 연서는 할아버지 손을 잡고 '또또할미'가 잠들어 있는 창포리 선산을 향해 앞장서 걸었다. 이제 연서 곁에는 할아버지도 없다.

마지막 일기

오늘 온종일 빨래를 했다. 무슨 일이 이렇게 많은지 쉴 참이 없다. 속 팬티를 맑은 물에 삶았다. 오후에는 동생 집에 가서 책점 동생과 저녁을 먹고 놀다가 와서 저녁을 차려 주었다. 밤에는 운동을 하고 머리 감고 목욕을 했다. 감사하신 하느님 아버지 감사합니다. 사랑하는 내 자식들 건강을 주시옵소서. 축복받고 은혜 받고 사랑 받는 가정 주시옵고 평화롭고 즐겁고 행복한 가정 주시옵소서. 날마다 웃는 날 주시고 즐겁고 행복한 날 주시옵소서. 예수 그리스도 이름으로 기도 드립니다. 아멘.

엄마가 마지막으로 일기를 쓴 2015년 10월 3일 토요일은 음력으로 8월 21일이었고 개천절이었으며 날씨는 맑았다. 엄마는 종일 빨래를 했고 춘자 이모 집에서 옥주서점 이모와 저녁식사를 했다. 집에 돌아와 아버지 저녁 밥상을 차린 후 걷기 운동을 했고 샤워를 하고 하루를 마무리했다.

평범한 일상 그 이상도 그 이하도 아니다. 자식들을 위한 기도로 일기를 마무리한 것도 똑같다. 이날 이후 엄마는 다시 일기장을 펼치지 못했다. 하지만 투병 기간 내내 나지막한 목소리로 주문을 외듯이 기도했다. 나는 엄마가 하늘나라에 가서도 기도를 멈추지 않았을 거라고 확신한다.

21

헛꽃

아마도 단원(檀園) 김홍도(金弘道, 1745~?)를 모르는 이는 없을 것이다. 그는 18세기에 활동한 도화서 화원으로 산수를 비롯해 인물, 꽃과 새, 동물 등 모든 소재를 잘 그린 천재 화가였다. 하지만 대다수 사람들은 김홍도의 연관검색어로 '풍속화'를 떠올릴 것이다. 김홍도의 풍속화를 가장 창의적으로 계승한 후배 화가가 긍재(兢齋) 김득신(金得臣, 1754~1822)이다. 〈파적도(破寂圖)〉는 그의 대표작 중 하나이며, '파적'은 '고요함을 깨뜨린다'는 의미이다. 왜 그런 제목이 붙었는지는 그림을 보면 금방 알 수 있다.

따사로운 봄날, 어느 농가에서 일어난 소동이 그림의 주제이다. 마당에서 종종거리던 병아리를 채가는 고양이를 보고 집안에서 뛰쳐나온 주인 부부가 등장한다. 두 인물이 허공에 떠 있는 듯한 모습이 일시정지 버튼으로 멈춰 세운 〈TV 문학관〉의 한 장면

김득신, 〈파적도〉, 종이에 옅은 채색, 22.4×27.0cm, ⓒ간송미술문화재단

같다. 실로 화면 구성과 착상이 기발한 작품이다.

이 그림에서 내가 주목하는 건 암탉과 병아리들이다. 우선 고양이에게 잡혀가는 병아리의 처지가 딱하기 짝이 없다. 고양이가 물고 가는 아기 병아리를 보고 날개를 퍼덕이며 '꼬꼬댁!'거리는 어미닭의 몸짓도 애처롭다. 그런데 혼비백산한 나머지 병아리들은 정반대 방향으로 도망치기 바쁘다. 여기서 어미닭은 어떤 경우에도 자식을 포기하지 않는 우리네 부모와 다르지 않다. 형제의 불운을 뒤로 한 채 흩어지는 병아리들은 각자 살 길을 도모하는 현실 속 형제자매의 모습 같다. 내가 개인적으로 김득신의 〈파적도〉가

북한산에 핀 산수국. 망울진 참꽃 봉오리와 활짝 핀 헛꽃 모습(하영휘 사진, 2024년)

명작이라고 여기는 지점이다. 과한 해석일까.

세상이 아무리 변해도 부모는 그런 존재, 다름 아닌 '헛꽃' 같은 존재이다. 산수국은 '참꽃'과 '헛꽃'이 한 몸을 이루는 대표적인 식물이다. 줄기 끝에 수십 송이가 오종종 붙어 있는 작은 참꽃 바깥으로 커다란 꽃잎의 헛꽃들이 삐져나와 있다. 헛꽃은 참꽃보다 먼저 피어나 벌이나 나비 같은 곤충을 유인한다. 마침내 참꽃의 꽃가루받이가 끝나면 헛꽃의 꽃잎은 거꾸로 뒤집어져 존재감을 감추고 시든다. 참꽃의 생명 활동을 돕는 조력자 역할을 하는 것이 헛꽃인 셈이다.

행여 천생연분이 아닐망정 우리 엄마와 아버지는 오로지 자식들, 곧 참꽃의 찬란한 개화를 위해 헛꽃으로 살기를 마다하지 않았다. 엄마는 엄마의 이유로 외로웠고, 아버지는 아버지의 이유로 외로웠음직하다. 그럼에도 헛꽃이라는 이름의 신탁(神託)을 기꺼이 받들었고 이제 하늘의 별이 되었다. 아 위대하도다. 그대 헛꽃이여!

가지산에 핀 산수국. 활짝 핀 참꽃과 시들기 시작한 헛꽃 모습(하영휘 사진, 2024년)

제5장

그때 그리고 지금

1

라면 배달

'영자 씨' 자식 사랑은 엉뚱하게 표현되기도 했다. 초등학교 3학년 때였다. 어느 날 점심시간에 엄마가 라면을 끓여 학교로 이고 왔다. 쟁반을 감싼 보자기를 풀었더니 라면이 담긴 양은냄비가 모습을 드러냈다. 냄비 뚜껑을 열자 김이 올라왔다. 그런데 그날 엄마가 왜 학교로 라면을 끓여 왔는지 전후 사정이 기억나지 않는다. 그날 점심 도시락을 싸오지 않은 건 확실하다.

1963년에 우리나라 최초로 출시된 삼양라면 한 봉지는 10원이었다. 삼양식품에 문의하니 10여 년이 지난 1975년 상반기에는 라면 가격이 35원이었는데, 9월에 40원으로 인상되었다고 한다. 같은 해 짜장면 가격은 138원이었다. 현재 편의점에서 원조 삼양라면 한 봉지는 910원에 팔리고 있다.

그 시절 우리집은 창포리 본가가 농사를 지었기 때문에 주식

1970년대 유통된 삼양라면(삼양식품 제공)

인 쌀과 보리를 가져다 먹을 수 있었다. 그러니까 엄마가 칼국수나 수제비를 만들어 줄 때도 있었지만 대체로 '집밥'에 의존했을 뿐 돈 주고 라면을 사먹는 일은 낭비로 여겼다. '외식'이라는 단어를 써본 적이 없고, 라면은 특식이나 마찬가지였다. 그런데 엄마가 라면 냄비를 들고 학교에 나타난 것이다. 반면에 쌀을 사먹을 형편이 안 되는 가정에서는 어쩔 수 없이 분식으로 끼니를 때워야 했다. 1975년에 80킬로그램 쌀 한 가마니 거래 가격은 18,000원 정도였다.

전 사회적으로 근검절약을 신봉하던 때다. 1960년대 중반에 정부는 쌀 부족 현상을 극복하기 위한 방안으로 '혼분식 장려 운동'을 펼쳤다. 일선 학교에서는 담임 선생님이 점심시간마다 도시락에 잡곡이 섞여 있는지 검사했다. 그와 같은 혼분식 운동이 라면의 소비를 촉진하는 데 일정하게 영향을 미쳤다고 한다. 1970년대 들어 다수확 벼 품종이 보급되면서 혼분식 장려 기조가 꺾이기 시작했다.

나는 예기치 않은 엄마의 라면 배달에 놀라면서도 '웬걸' 하며 좋아했던 것 같다. 내가 라면을 먹는 동안 건물 밖에서 기다리고 있던 엄마는 깨끗이 비워진 냄비를 다시 보자기에 싸서 돌아갔다. 이 세상에 학교로 라면 냄비를 이고 온 엄마가 몇이나 될까. 우리 엄마가 그랬다.

②

노인의 밥상

큰방에서 조반을 먹고 있었다. 열린 방문을 통해 마당으로 들어서는 노인이 눈에 들어왔다. 짧게 깎은 희끗희끗한 머리, 허름한 차림새의 노인은 목발을 짚은 채 뒤뚱거리며 걸음을 옮겼다. 엄마는 노인을 보자마자 수저를 내려놓고 "어서 오이소"라고 맞이한 후 부엌으로 들어갔다.

잠시 후 엄마는 큰방 앞 반침(마루)으로 동그란 양은 밥상을 내왔다. 노인은 반침 한쪽에 목발을 세워놓고 옆으로 걸터앉아 아침밥을 먹었다. 식사가 다 끝날 때까지 서로간의 대화는 없었다. 밥그릇을 비운 노인은 고개를 숙여 인사하고 다시 목발을 들었다. 엄마는 노인의 등에 대고 "조심해서 가이소"라고 인사를 보냈다.

아이들은 그 할아버지를 '거지'라고 불렀다. 노인이 그날 처음 우리집에 온 게 아니었다. 우리 가족들에게 새삼스런 일이 아니었다. 두어 달에 한 번씩 와서 그날처럼 엄마가 차려주는 아침밥을 먹고 갔다. 어른들 말이 "아들이 있다고 하는데, 뭔 일로 얻어먹으러 다닌다"고 했다. 노인의 한쪽 다리는 무릎 아래가 없어서 바지가 펄럭거렸다. 6.25때 전장에서 한쪽 다리를 잃은 상이군인(傷痍軍人) 출신이라고 했다.

3

능력자 아버지

유년 시절 내 눈에 아버지는 대단한 능력자로 보였다. 지금과 달리 여름이면 불청객 파리와 모기가 집 안팎에 들끓었다. 아버지는 내가 까치발을 하고 팔을 뻗어도 닿지 않는 큰방 천장의 파리들을 쉽게 제압하는 능력자였다. 파리채를 들고 성큼성큼 걸어 다니며 천장의 파리를 잡는 아버지의 키가 실제보다 훨씬 더 커 보였다.

여름밤에는 문을 열어 놓는 대신 텐트처럼 생긴 대형 망사 모기장을 방 안에 치고 잤다. 모기장에 달린 고리를 네 벽의 모서리에 고정시키는 작업은 아버지 담당이었다. 모기장이 쳐지면 나와 동생들은 잽싸게 안으로 들어가 망사 끝자락을 요 밑에 집어넣어 모기가 침범하지 못하게 했다. 누구든 다 쳐놓은 모기장을 들추고 들락날락하면 "모기 들어온다"고 꾸지람을 들어야 했다. 아침마다 모기장을 다시 걷어 정리하는 일도 아버지 몫이었다.

그 시절 주기적으로 큰방 벽에 높이 걸린 괘종시계의 뚜껑을 열고 '시계 밥을 주는' 아버지가 멋져 보였다. 벽시계에 밥을 주는 방법은 일본어인 '젬마이(ぜんまい, 태엽)'라는 티(T)자형 철제 도구를 2개의 구멍에 번갈아 넣어 태엽을 감는 것이었다. 밥을 배불리 먹은 벽시계의 동그란 추가 쉼 없이 좌우로 움직였고 매시 정각에 종을 울렸다.

벽시계 옆에는 매일 한 장씩 찢는 달력이 걸려 있었다. 날짜를 알리는 커다란 숫자만 인쇄된 달력은 쉽게 찢어지는 얇은 습자지로 만든 것이었다. 매일 아침 달력을 찢는 일은 아버지가 독점했다. 찢어낸 달력도 아버지 차지였다. 당시 우리집에 하나뿐인 푸세식 변소에는 일정한 크기로 자른 신문지가 못에 꽂혀 있었다. 나는 신문지보다 훨씬 부드러운 습자지를 들고 변소에 가는 아버지가 부러웠다.

세월이 흐르면서 나도 천장의 파리를 잡을 수 있을 만큼 키가 자랐다. 언젠가부터 내가 솔선해서 모기장을 쳤고 의자를 받침대 삼아 벽시계 밥을 주는 짜릿한 경험도 해봤다. 그렇지만 만능 해결사 같았던 아버지 모습이 일상의 추억과 함께 또렷이 남아 있다. 처음으로 맛본 눈깔사탕의 치명적인 달콤함처럼 잊히지 않는 내 유년기의 고향집, '능력자 아버지'가 그립다.

4

동화책

육지로 출장 갔던 아버지가 돌아왔다. 그날도 아버지 손에는 동화책이 들려 있었다. 나는 '자고 내일 보라'는 엄마 말을 들은 체만 체 하고 책을 펼쳤다. 이불 속에 들어가 배를 깔고 엎드린 채 활자 속으로 빠져들었다. 마지막 페이지를 읽고 책을 덮었을 때는 한밤중이었다. 나의 유년기 독서 체험은 그렇게 시작되었다.

아버지는 가끔씩 바다 건너 도시로 출장을 갔고, 돌아올 때는 동화책을 한 권씩 들고 왔다. 『성냥팔이 소녀』·『미운 오리 새끼』·『벌거벗은 임금님』 같은 안데르센 동화였다고 기억한다. 1960~1970년대에는 계몽사와 금성출판사 등 대형 출판사에서 수십 권을 한 세트로 묶은 세계아동문학전집을 내놓았다. 아버지가 그런 전집류에서 한 권씩 골라 사온 것이었다. 출장 업무를 마치고 일부러 서점에 들렀을 텐데, 나는 아버지에게 어디서 어떻게 책을 샀는지 물어본 적이 없다. 그저 아버지가 사다 주는 동화책을 읽었다.

당시 덴마크 작가 한스 안데르센(Hans Christian Andersen, 1805~1875)의 동화는 대부분의 전집류에 포함되었다. 안데르센의 『성냥팔이 소녀』는 주변에서 흔히 볼 수 있는 성냥을 다시 보게 만들었다. 1970년대에는 어느 집이나 난방과 조리에 필요한 성냥을 구비하고 있었다. 성냥과 양초는 이사를 축하하는 집들이 선물로 선호되었다. 성냥은 새로 이사한 집에서 가세가 불길처럼 일어나라는 의미였고, 양초는 심심찮게 발생하는 정전에 대비하는 필수품이었다. 『미운 오리 새끼』를 읽고 '나는 오리일까 백조일까' 하고 괜한 고민을 했다. 『인어공주』를 읽고 나서는 물거품이 되고 만 공주가 가엾어 눈물이 날 지경이었다. 동화책이 말랑말랑한 내 감성을 요리했다. 지금도 나를 설레게 하는 작품을 하나 꼽으라면, 루시 모드 몽고메리(L. M. Montgomery, 1874~1942)의 『빨간 머리 앤』이다. 나도 앤처럼 씩씩하게 어려움을 이겨내는 여성이 되고 싶었다.

언젠가 엄마가 "니가 학교 보내달라고 하도 성가시게 해서 미정이 책을 얻어다 줬어야"라고 했다. 초등학교에 입학하기 전, 일곱 살 때의 일이다. 취학 연령이 되려면 1년 더 기다려야 하는데, 학교에 가겠다고 떼를 쓴 것이다. 엄마가 궁리 끝에 마침 2학년에 올라간 '미정 이모'의 1학년 교과서를 구해다 줬다는 얘기다. 미정 이모네 집은 우리집 건너편에 있었고 먼 친척이어서 내 집처럼 드나들었다. 촌수가 어떻게 되는지 모르지만 미정 언니의 엄마, 즉 할머니가 차려주는 밥도 많이 먹었다.

지금과 달리 지식 정보를 얻을 수 있는 매체가 제한적이어서

책의 가치는 상상 이상이었고 매우 소중히 다루었던 때다. 대개는 학기 초에 새 교과서를 받으면 지난 달력의 뒷면을 이용해 표지를 싸는 일부터 했다. 나는 어려서부터 활자 중독에 걸린 아이처럼 뭔가 읽기를 좋아했던 것 같다. 아버지에게 한자를 물어가며 국한문 혼용으로 발행된 신문 기사를 읽었고, 친구 집에서 안 읽은 책을 발견하면 반드시 빌려 보았다. 청소년기에는 국내외 고전과 현대 문학 작품, 그리고 일본 순정만화가 독서 목록에 추가되었다.

예나 지금이나 나의 독서 취향은 잡식성에 가깝다. 그 사이 책을 읽는 데 머물지 않고 출판사와 박물관에서 근무하며 책 만드는 일을 했고 책을 쓰기도 했다. 돌이켜보면 나의 지적 근육을 단련시킨 힘은 다양한 독서 체험으로 길러졌다. 그 시작점에 아버지의 동화책이 있다.

❺

나의 5.18과 아버지

학교에 가지 않았다. 1980년 5월, 나는 광주에서 하숙 생활을 하는 중학교 2학년생이었다. 하숙집은 시내 중심부에서 약간 떨어진 지산동 주택가에 자리했다. 룸메이트였던 박지현은 고향 후배로 나보다 한 학년 아래였다. 근래 수소문한 끝에 40여 년 만에 지현이와 연락이 닿았다. 알다시피 그해 5월 18일 이후 10일 동안 광주에서 벌어진 일은 한국현대사의 물줄기를 바꾸었다. 나는 그곳 광주에 있었다. 5월 20일부터 대학뿐 아니라 초·중·고등학교의 수업도 중지되었다. 한동안 광주의 일선 학교 교문은 굳게 닫혀 있었다.

지산동 하숙집에는 지현이와 나 외에 직장에 다니는 젊은 청년도 있었다. 19일이었던 것 같은데, 그는 퇴근길에 거리에서 군인을 만나 곤봉으로 맞았다며 어깨를 부여잡고 들어왔다. 다행히 부상이 크지는 않았다. 20일 밤이었나 보다. 지현이가 일찍 잠자리에

든 나를 흔들어 깨우며 광주MBC 방송국이 불타고 있다고 했다. 비몽사몽 중에 대문 밖으로 따라 나가니 사람들이 웅성대며 멀리 연기가 피어오르는 쪽을 바라보고 있었다. 내게 5.18 광주민주화운동은 조각보의 헝겊들처럼 조각난 기억으로 남아 있다. 그런 기억의 단상으로 '바닷가에 서 있는 아버지'가 있다.

나는 며칠 동안 하숙집과 골목 앞 슈퍼마켓 주변을 맴돌았다. 그래서 비극적 현장을 직접 목도하지는 않았다. 당시 떠돌던 흉흉한 소문들이 모두 사실이었음은 나중에 알았다. 공수부대가 시 외곽으로 퇴각하면서 22일부터 시민군이 광주를 접수했다. 23일 아니면 24일이었을 것이다. 나와 지현이는 동네 언니들을 따라 시내로 나갔다. 우리 하숙집 안쪽 끝 방에서 자취하며 여상에 다닌 완도 언니와 옆집에서 자취하는 여고생 해남 언니가 앞장섰다. 금남로로 통하는 큰길로 나오니 시민군들의 장갑차가 보였다. 우리는 도청 앞 광장에서 열리는 '민주수호범시민궐기대회'의 군중 속으로 들어갔다. 누군가 나눠준 병 사이다를 마시며 광장 중앙의 분수대에 오른 사람이 선창하는 대로 구호를 따라 외쳤다. 그리고 광장 옆 상무관으로 이동해 태극기로 감싼 후 가지런히 배열해 놓은 희생자들의 관을 둘러보고 참배했다. 상무관 옆 남도예술회관 건물 외벽에는 희생자와 실종자 명단 등을 적은 대형 벽보들이 빼곡히 붙어 있었다.

아무래도 상황이 쉬 풀리지 않을 거라고 여긴 완도 언니가 부모님이 계신 고향으로 가야겠다고 했다. 해남 언니도 귀향하기로 결심했다. 나와 지현이도 간단히 짐을 쌌다. 25일이었던 것 같다. 우리는 아침 일찍 지산동에서 출발해 해남·완도·진도가 있는 남쪽 방향으로 계속 걸었다. 군인들이 시 외곽의 도로를 봉쇄하고 있었기 때문에 길이 아닌 길을 찾아야 했다.

누가 길잡이 노릇을 했는지는 기억에 없다. 그런데 시간이 지나면서 같은 방향으로 걷는 사람들이 점점 늘어났다. 우리는 그리 높지 않은 산 하나를 넘었다. 지현이의 기억에 의하면, 진행 방향 오른쪽으로 송하동에 자리한 '남선연탄' 공장이 보였다고 한다. 그러니까 현재 광주대학교 부근에 있었던 산을 넘은 것 같다. 선두권에 포함된 우리 일행이 산등성이에서 내려다보니 족히 수십 명의 사람들이 긴 행렬을 이룬 채 이동하고 있었다. 내 옆에 있던 한복 두루마기 차림의 할아버지는 집안의 대를 이을 장손을 잃을까 봐 데리러 왔다고 했다. 구두를 벗어들고 맨발로 걷는 젊은 여성도 있었다.

최종 목적지와 사연이 제각각인 사람들의 피난 행렬은 산을 넘고 들판을 지나 남평에 도착했다. 우리 일행은 드들강의 지류로 생각되는 하천변에서 지나가는 차를 얻어 탔다. 차 안에 사람이 꽉 들어차 숨 쉬기가 불편했지만 고맙기 그지없었다. 차비도 받지 않았다. 차가 정해진 목적지에 도착하자 모두 내려서 흩어졌고 우린 한참을 걷다가 또 다른 차에 올라 조금 더 남녘으로 내려갔다. 지현이 말에 따르면, 우리가 옥천에서부터 도보로 해남 읍내까지 갔다고 한다. 약 5킬로미터 정도를 걸었던 것이다. 도중에 해남으로 넘어가는 우슬재에서 두 명의 군인을 만나 일종의 검문을 받았다.

해가 진 다음에야 해남 언니네 집에 도착했다. 마당이 넓고 마루에 유리문이 달린 그 집에서 다 같이 저녁을 먹고 하룻밤을 묵었다. 그제야 나와 지현이는 진도 집으로 전화를 걸어 부모님께 상황을 전달할 수 있었다. 깜짝 놀란 아버지는 해남 언니의 아버지와 진도로 갈 방법을 상의했다. 꽤 많은 시간이 흐른 뒤에야 우리가 얼마나 큰 위험에 노출되어 있었는지를 깨달았다. 이튿날 아침 행선지가 다른 완도 언니와는 헤어졌다.

나와 지현이는 상당한 비용을 지불하고 구한 승용차를 이용해 바닷가로 이동했다. 처음 타보는 검은색 승용차는 평소 시외버스와 철선(짐배)이 오가는 선착장이 아닌 우수영 쪽으로 갔다. 해남-진도를 오가는 대중교통의 운행이 중지된 상태였던 것 같다. 그곳에서 잠시 서성이다가 승선한 배는 해안 경비정이었다. 거기까지 동행한 해남 언니의 아버지가 배를 탈 수 있도록 도움을 줬다. 배 위에서 제복 차림의 경찰이 빙글빙글 웃더니 "너희들 광주에서 데모하다 온 거 아니냐"는 식으로 물었다. 나는 '이러다 혹시 잡혀가는 것은 아닌가' 싶어서 심장이 쿵쾅거렸다. 경비정은 남해의 물살을 가르며 진도 녹진 나루를 향해 나아갔다. 실제 배를 탄 시간은 길지 않았지만, 잔뜩 긴장한 탓에 긴 항해처럼 느껴졌다.

어느 순간 저 멀리 선착장에 서 있는 아버지가 시야에 잡혔다. 나중에 들으니 아버지는 며칠 동안 내 안부가 염려되어 여기저기 광주의 관공서로 전화해 문의를 했었단다. 그날 아버지는 이미 몇 시간 전부터 녹진 나루에서 내가 오기만을 기다리고 있었다. 내내 마음을 졸였던 아버지는 배에서 내린 나를 대면하고서야 안도했다. 나 역시 아버지를 만나면서 1박 2일 동안 옥죄었던 두려움에서 벗어날 수 있었다. 선명한 컷으로 간직된 바닷가의 아버지 모습은 1980년 봄, 반역의 시간 한복판에 있었던 나의 기억 조각 중 하나다.

6

감꽃이 필 때

비가 오거나 바람이 불거나 눈이 오거나 그런 날은 유독 생각이 많아진다. 그 결에 감꽃이 피는 장마철이면 더 분주했던 엄마가 되살아난다.

상수도 시설이 갖춰지기 전 지하수에 의존하던 시절, 진도는 물이 풍족하지 않았다. 우리집에 있는 우물은 깊고 수량도 넉넉했지만, 비누가 잘 풀리지 않는 '센물'이었다. 그래서 식수는 '동네 샘'이라 부른 공동우물에 의존했다. 집에서 5분 거리의 개천가 명우네 집 옆에 자리한 동네 샘은 물이 깨끗하고 맛도 좋았다. 바람도 없이 무더운 여름, 갓 길어온 차가운 샘물에 하얀 설탕을 녹여 말아먹은 국수는 별미였다. 재료는 삶은 소면과 설탕물이 전부였는데, 그런 조리 방법이 언제 등장했는지는 모르겠다. 옛날엔 비싼 설탕 대신 사카린이나 '뉴슈가'를 섞어 단맛을 내기도 했다. 어린 시절, 친할머니는 집에서 빚은 누룩 막걸리에 사카린을 타서 마시곤 했다. 할머니는 술이 아니라 단맛을 즐겼다.

우리 동네 주민들은 연중행사로 직접 샘 내부에 들어가 대청소를 했다. 바닥에 깔린 암반 사이에서 솟는 물이 그럭저럭 온 동네 물 수요를 감당했다. 하지만 가물 때는 수량이 부족해서 움푹 파인 샘 바닥에 고깔 모양의 두레박을 눕혀 물이 고이기를 기다렸다가 조금씩 길어 올려야 했다. 그렇게 물동이 하나를 채우려면 인내심이 필요했다. 동이를 머리에 일 때는 도넛처럼 생긴 '또가리'를 사용했다. 정수리와 물동이 사이에 또가리를 끼우면 물 무게에 눌린 머리가 덜 아팠다. 또 물동이 양쪽에 붙은 손잡이를 잡지 않고도 안정적으로 이고 걸을 수 있었다. 나도 해 보고 싶었다. 어느 날 엄마가 외출하자 함석 물동이와 또가리를 챙겨 동네 샘으로 달려갔다. 겨우 절반을 채운 물동이를 또가리 위에 올리는 데 성공했지만 내 손은 엄마처럼 자유롭지 못했다.

엄마는 곧잘 사람이 몰리지 않는 밤에 가로등도 없는 좁은 골목길을 물동이를 이고 오갔다. 어느 겨울밤, 물이 찰랑거리는 동이를 인 채 미끄러져 다친 적도 있다. 샘 바닥이 흘러내린 물로 빙판이 되어 있었던 것이다. 나는 가끔씩 물 긷는 엄마를 따라 밤길을 걸으며 재잘댔다.

당시 부족한 물 사정을 해결하는 또 다른 방법이 빗물을 모으는 것이었다. 집집마다 커다란 옹기 항아리와 대형 고무 통이 몇 개씩 있었다. 우리집에도 빗물 저장용 지사 독과 빨간색 고무 통이 여러 개 있었다. 비가 많이 오는 날이면 지붕의 기와를 타고 흘러내린 물이 처마 끝 물받이에 고였다. 그 물은 다시 얇은 함석 파이프를 통과해 밑에 받쳐놓은 물통으로 떨어졌다. 거기서 끝이 아니고 물통의 물을 항아리나 고무 통에 옮겨 저장해야 했다. 그렇게 확보한 빗물은 불순물을 가라앉혀 식수 이외의 용도로 사용했다. 황사나 미세먼지 걱정이 없던 시절이라 가능했던 것 같다. 날이 꾸물거리기 시작하면 비설거지부터 빗물 받는 일까지 엄마는 온종일 마당에서 벗어나지 못했다.

감꽃이 필 무렵이면 어김없이 떠오르는 단상이 있다. 우리집 마래 앞에 커다란 감나무 한 그루가 있었다. 우리가 이사 오기 전부터 있었던 감나무였다. 아버지가 틈틈이 묘목을 구해 뒤안에 심은 감나무에 떫은 감이 열린 반면, 그 감나무에는 단감이 매달렸다. 크기가 작은 대봉처럼 생긴 감이었는데, 씨가 많았다. 육질도 특이해서 익으면 검은 빗금무늬가 섞여 있었다. 거기다 해 갈이를 해서 한 해 감이 많이 열리면 다음 해에는 몇 개 안 달렸다. 그런데 당도가 높고 식감이 좋아서 감이 익어갈 무렵이면 동생들과 감나무 주변을 서성댔다.

우리집 말고 다른 데서는 본 적이 없는 별난 종자였다. 지금은 단종된 토종 감나무가 아니었나 싶다. 감뿐 아니라 감꽃의 모양도 납작하지 않고 초롱꽃과 비슷했다. 열매처럼 꽃의 크기가 작았고 약간 길쭉한 꽃봉오리가 예뻤다. 꽃이 피면 따서 먹기도 했고 바닥에 떨어진 감꽃들은 실에 꿰어 꽃목걸이를 만들었다. 감꽃이 필 무렵 장마가 닥치면 비바람에 감꽃이 우수수 떨어졌다. 우비도 없이 마당에서 빗물을 받느라 분주했던 엄마 모습이 감나무 밑에 깔린 감꽃들과 겹쳐 떠오른다.

작년 연말에 방문한 미술관에서 박준형 작가의 〈나무 밑에서 주운 여름〉이라는 작품을 만났다. 크기가 다른 하얀색 감 8개가 나란히 배열되어 있었다. 제일 작은 감은 내 엄지손톱보다 작은 1센티미터 내외이고 가장 큰 감은 5센티미터 내외의 크기였다. 작가가 석고로 거푸집을 만들어 캐스팅(casting)한 설치미술 작품이었다. 나는 크든 작든 표면의 오목한 골까지 그 모양이 여실한 감에서 눈을 떼지 못하였다.

〈나무 밑에서 주운 여름〉은 박 작가가 우연한 기회에 땅바닥에 떨어져 있는 감을 발견하고 약 3개월 동안 감의 생육 과정을 작품화한 것이었다. 이른바 '아스팔트 키즈'로 도시에서 성장한 작가는 어느 날 감나무의 존재를 알아차리고 낙과(落果)를 주워 작업하면서 감의 생장을 관찰하는 일이 즐거운 경험이었다고 한다. 박 작가는 '미술은 이야기가 있는 사물'이라 여기는 자신의 생각이 표현된 작품이라고 하였다. 공감이 가는 말이었다. 다만 8개의 감이 소환한 '이야기'가 달랐을 뿐이다.

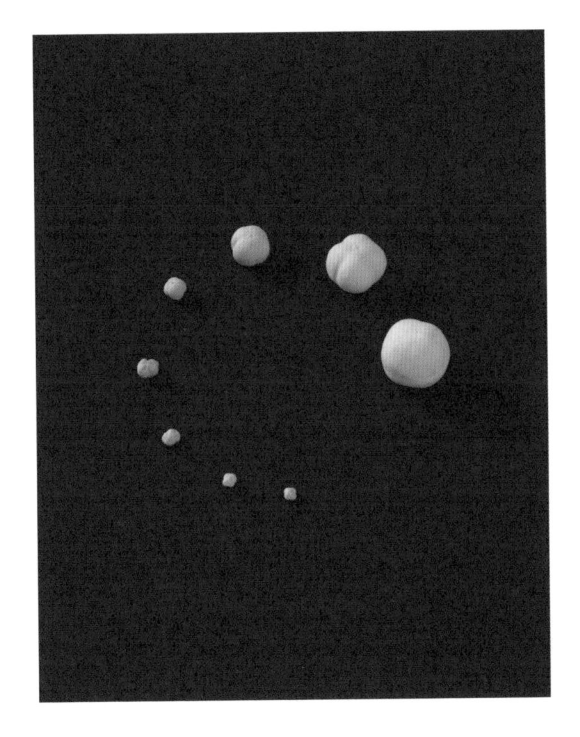

박준형, 〈나무 밑에서 주운 여름〉,
석고, 지름 1~5cm, 2023년(박준형 사진)

7

홍시

진도는 연중 기후가 따뜻한 편이지만, 한겨울에는 눈이 무릎까지 쌓이는 날도 적지 않았다. 그런 날은 처마 끝에 창처럼 뾰족한 고드름이 매달렸다. 아이들은 감기에 걸려 콧물을 훌쩍이면서도 대왕 고드름을 골라 아이스께끼처럼 빨아 먹으며 쏘다녔다. 엄마는 빨간색 내복 두 개, 나일론 양말 세 켤레를 겹쳐 입히고 신겨 학교에 보냈다. 요즘처럼 방한용구가 다양하지 않았고 품질도 떨어졌던 시절의 얘기다.

어느 해 겨울밤, 엄마는 깜짝 선물처럼 홍시를 내놓았다. 나와 동생들은 아랫목에 펴놓은 이불 밑에 다리를 뻗고 앉아 홍시를 뚝딱 먹어치웠다. 고드름 맛과는 차원이 다른 고급 아이스크림이었다. 차가우면서도 달고 부드럽고 향긋했던 그 홍시 맛을 어찌 잊으랴.

우리집에는 감나무가 많았다. 하지만 앞마당의 단감나무 한 그루를 제외하면 모두 떫은 감이 열렸다. 군것질거리가 마땅치 않았던 시절이라 엄마는 엄마의 방식으로 간식을 만들었다. 바람에 떨어진 땡감을 주워 소금물 단지에 며칠 동안 담가서 떫은맛을 제거했다. 떫은 감도 그렇게 엄마 손을 거치면 먹을 만한 간식이 되었다.

늦가을에는 여문 감을 따서 상자에 채운 왕겨 속에 묻어 두었다. 그 상자를 난방이 안 되는 마래 시렁 위에 올려놓았다가 한겨울에 꺼내면 홍시가 되어 있었다. 떫은 감이 왕겨 속에서 서서히 숙성되어 달콤한 맛, 물렁물렁한 육질의 빨간 홍시로 변신했던 것이다. 겨울밤 뜨끈한 아랫목에서 먹은 홍시는 그렇게 탄생했다. 나이가 들수록 조금씩 부족했던 시절에 대한 그리움이 풍선처럼 부풀어 오른다. 강아지풀처럼 내 마음을 간지럽힌다.

8

색동단 저고리

엄마는 처녀 시절의 '목연클럽'처럼 30대 중반쯤 의자매 모임을 결성했다. 읍내에서 살며 가까워진 7명의 여성들이 뭉쳐 '결의형제 계'라는 이름으로 주기적인 모임을 가졌다. 서로서로 집안의 대소사에 발 벗고 나서며 친목을 다졌다. 자연스럽게 내게는 여섯 명의 '결의이모'가 생겼다. 이모들의 나이는 엄마보다 몇 살 많거나 적었다. 계모임 초기에 찍은 것으로 보이는 흑백 사진 한 장이 남아 있다.

사진은 앞줄에 3명이 앉고 그 뒤로 4명이 나란히 서서 찍은 전형적인 기념사진이다. 내게도 친근한 얼굴의 이모들과 함께한 엄마는 뒷줄 맨 왼쪽에 서 있다. 그런데 7명 중 6명이 한복 차림이다. 하나같이 고름 대신 브로치로 저고리 앞섶을 여몄고 소매는 짧은 편이어서 그 시절 한복의 트렌드를 엿볼 수 있다. 모두 사진 촬

엄마와 결의형제 계원들의 기념사진(김성철 사진)

엄마의 색동단 저고리
(김성철 사진)

영을 위해 한껏 꾸미고 나온 듯하다. 헤어스타일은 미장원에 가서 '고데기'로 부풀린 모양새다. 1970년대까지는 특별한 날, 이처럼 양장이 아닌 한복으로 성장하는 여성들이 적지 않았다.

이날 입은 엄마의 한복은 장롱 서랍장에 유품으로 남아 있었다. 연초록 바탕에 커다란 미색 꽃무늬가 날염된 얇은 옷감으로 지어서 화사했다. 그 밖에도 여러 벌의 한복이 가지런히 겹쳐진 채 보관되어 있었다. 대부분 엄마가 입은 모습을 본 적이 없는 것들이었다. 1980년대 이후에는 주로 양장을 했지만 예전 한복을 버리지 않았던 거다. 엄마가 평소 옷을 아끼고 정성스레 간수해서 보관 상태가 좋았다.

그중에는 제법 화려한 느낌의 저고리도 있었다. 반짝이 옷감과 색동단의 조합이 이채롭고 신선하게 다가왔다. 한국복식사를 전공한 전(前) 국립민속박물관 학예연구관 최은수 선생님으로부터 이런 저고리의 유행 시기와 특징에 대한 설명을 들을 수 있었다.

"붕어 배래의 소매 모양과 짧은 옆선 길이, 긴 고름, 옷감의 특징이 1960년대 유행한 저고리에 가깝다. 저고리 겉감과 안감 사이에 망사를 심지로 넣어서 만든 세 겹 반회장저고리이다. 1950년대 말 나일론이 유행하면서 다양한 합성섬유가 생산되었고, 1960년대는 소매끝동과 고름에 색동단을 사용한 반회장저고리가 의례용으로 애호되기도 했다. 이 저고리는 색동단을 가늘게 연결하고 사이사이에 반짝이를 넣어서 직조했기 때문에 잔잔하면서도 화려하다."

사실 이 저고리를 처음 보았을 때, '펑크 록(punk rock)이나 힙

합(hiphop) 공연의 무대복으로 입으면 신박하겠다'는 생각이 들었다. 그만큼 반짝이와 색동단의 배합이 인상적이었다. 근래 때가 탄 동정을 새로 바꿔 달았다. 단골 세탁소에서 요즘 유행하는 폭이 넓은 동정과 달리 가느다란 원래 동정과 비슷한 동정을 수소문해 달아줬다. 또한 엄마 유품이라고 했더니 세탁비와 동정 값을 극구 사양하고 받지 않았다.

전문가의 소견을 참조하면 엄마가 예복으로 맞춘 저고리였을 가능성이 높다. 하지만 언제, 어떤 행사를 위해 마련했는지는 알 수가 없다. 궁금한 마음을 안고 이 저고리를 입은 엄마 모습을 상상해 본다. 특이한 옷감과 색동이 엄마의 맑고 깨끗한 피부와 어우러져 반짝반짝 생기 넘치는 분위기를 연출했을 것 같다.

9

도구통

"어떤 남자가 들어와서 도구통을 팔라고 하길래 우리 딸이 팔지 말라고 했어라. 안 팔라요 했더니 그냥 가드라."

20여 년 전, 고향집에 내려가 엄마에게 들은 말이다. '도구통'은 절구통의 사투리다. 화강암 재질의 우리집 도구통은 대문 바로 안쪽 우물가에 놓여 있었다. 대문이 늘상 열려 있으니 마을을 돌며 민속품을 수집하던 골동상의 눈에 포착된 것이다. 당시 엄마는 도구통을 사용하는 일이 거의 없어서 팔아도 그만이었다. 그러나 엄마는 내가 팔지 말라고 했다고 팔지 않았다. 실은 외할머니의 선물이라는 점이 더 크게 작용했을 것이다.

어린 시절 엄마는 가끔 도구통에 곡식을 빻아서 대나무를 엮어 만든 치(키)로 까불렀다. 양손으로 치를 잡고 올렸다 내렸다하기

아버지가 도구통에 키운
부레옥잠과 송사리

고향집 도구통,
높이 57cm, 지름 84cm

를 반복하면 공기 중으로 검불이나 난알 껍질이 흩어지고 알곡만 남았다. 장을 담그기 위해 삶은 콩을 도구통에 넣고 찧어서 메주를 만들기도 했다. 정월 대보름은 도구통이 수난을 겪는 명절이었다. 우선 보름달이 훤한 밤에 아이들은 양푼이나 바가지를 들고 아무 집이나 들어가 오곡밥을 달라고 했다. 엄마는 수수를 듬뿍 넣은 오곡밥을 지어 찾아오는 아이들에게 퍼주었다. 그렇게 집집마다 조금씩 다른 오곡밥을 맛보는 게 대보름 풍습 중 하나였다. 청년들은 한밤중에 몰려다니며 남의 집 도구통을 엎어놓는 짓궂은 장난을 했다. 이튿날 아침에 일어나 보면, 밤사이 우리 도구통도 뒤집어져 있었다.

그사이 생활양식이 달라지고 조리도구가 발달하면서 도구통의 쓰임새는 줄어들었다. 이제는 조경용 수조로 활용하는 경우가 더 많다. 우리 도구통의 처지도 비슷했다. 엄마가 떠나신 후 아버지는 화단 옆에 방치된 도구통에 물을 채워 부레옥잠과 관상용 송사리를 키웠다. 아버지는 여름 내내 옥잠화가 피고 송사리가 늘어나는 걸 지켜보며 즐거워했다. 하지만 겨울에 제대로 돌보지 않아 도구통은 다시 텅 비고 말았다. 이듬해 나는 아쉬워하는 아버지를 위해 인터넷 쇼핑으로 부레옥잠을 주문해서 보냈다.

아버지의 여름도 멈춘 지금, 도구통은 친구네 정원에 가 있다. 고향집을 처분하면서 외할머니와 엄마, 그리고 아버지의 이야기가 깃든 도구통만은 지키고 싶었다. 고민을 거듭하다가 마당 있는 집에 사는 친구 정희에게 도구통을 맡아달라고 부탁했다. 정희도 부레옥잠을 사다가 도구통에 넣었다고 한다. 이제 정희네 집에 가면 언제든 엄마의 도구통을 볼 수 있다.

⑩

모란문 항아리

20세기에 제작된 '백자채화모란문호(白瓷彩畫牧丹文壺)'로 크기는 높이 19센티미터, 지름 23센티미터이다. 항아리의 구연부, 즉 입 부분이 살짝 밖으로 벌어졌고 동체는 풍만하게 부풀다가 하단부에서 좁아져 굽에 이른다. 동체 중앙에 코발트 안료인 청화(青華)로 활짝 핀 모란꽃과 꽃봉오리를 그렸다. 잎사귀는 녹채(綠彩)로 표현했다. 구연부 아래 두 줄의 청화 실선과 도안화된 녹채 초문을 돌렸다. 하단부에도 청화로 두 줄의 실선 문양을 넣었다. 약간 오므라진 굽 안쪽은 파냈다. 항아리 외면과 내면, 굽 바닥까지 전면에 투명한 유약을 입혔다. 흥선대원군 이하응 이래로 5대손 이청이 1990년대 초까지 거주했던 운현궁에서 나온 유물에 비슷한 항아리가 여러 점 포함되어 있다.

〈백자채화모란문호〉, 19.0×23.0cm, 20세기(김성철 사진)

일제강점기 장터에 쌓여 있는 백자 항아리, 국립중앙박물관(건판028931)

위와 같이 모란문 항아리의 기형과 문양 등 기본 정보를 전시 도록의 작품해설 형식으로 정리해 보았다. 이 항아리는 외할머니가 엄마에게 물려준 유품이다.

1876년 일본에 의해 강제 개항이 단행된 이후 우리나라 전통 도자 산업의 기반은 급속히 와해되었다. 대신 일본에서 제작한 '왜사기' 수입량이 크게 증가하였다. 일제강점기에는 일본 기업이 운영하는 국내 공장에서 생산한 일본풍 자기가 시장을 점령하였다. 그 영향은 해방 후까지 이어졌다. 이 모란문 항아리도 20세기에 대량으로 생산, 유통된 전형적인 생활자기이다. 그 때문에 현재 전하는 양이 많으며, 시중에서 헐값에 거래된다. 한마디로 골동품 대접을 받지 못하는 도자기다.

모란문 항아리의 보존 상태를 살펴보면, 구연부의 유약이 일부 벗겨져 있고 동체 표면 여기저기에 긁힌 자국이 있다. 외할머니가 사용한 흔적이다. 엄마는 외할머니의 손때가 묻은 이 항아리를 소중히 여겼다. 모란문 항아리는 내게도 고가의 조선백자보다 귀한 보물이다. 엄마의 유품이기 때문이다.

11

명절

밤마실

달이 밝다. "더도 말고 덜도 말고 가윗날만 같아라"라는 속담도 있다. 햇곡식과 햇과일뿐이랴. 백곡이 결실을 맺는 한가윗날의 의미는 퇴색해가고 있지만, 예나 지금이나 추석 달은 크고 둥글고 밝다. 나는 여전히 보름달이 뜨면 눈을 감고 소원을 빈다. 동시에 그 시절 고향집 마당을 비추는 달빛, 돌담에 반사되는 달빛 속으로 순간이동한다.

엄마와 나는 달빛에 의지해 골목길 모퉁이를 돌아 나와 신작로에 접어든다. 간간이 개 짖는 소리가 공기를 가른다. 새마을운동으로 닦은 신작로이지만 포장이 안 된 흙길이다. 가로등도 드문 길 끝에서 네거리로 통하는 대로를 만난다. 건너편 높은 축대 위에 한약방이 있다. 나는 엄마 손에 이끌려 그 한약방에서 진맥을 받고 첩약을 지어다 먹은 적이 있다. 어쩌다 한두 대 지나가는 자동차를 피해 걷는 대로변에 백열등을 매단 점방들이 있다. 엄마는 젊고 나는 어리다. 온몸을 감싸는 밤공기의 느낌이 되살아난다.

그 사이 이불 집에 도착했다. 엄마는 주인 이모와 반갑게 인사를 나눈다. 엄마와 친한 아주머니는 누구도 예외 없이 다 '이모'다. 이윽고 엄마는 손수건에 싼 돈을 꺼내 외상값을 지불한다. 이불 집을 나와 십여 보 더 걸어 옷과 잡화를 취급하는 중앙상회에 도착했다. 엄마는 또 외상값을 치렀다. 그 가게는 우리 형제들의 설빔이나 추석빔을 구입하는 곳이었다. 1년에 한두 번 새 옷을 장만하는 때가 명절이었으니 중앙상회 가는 날은 입이 귀에 걸리곤 했다. 다음 행선지는 각종 양념과 생활용품을 취급하는 점방이었다. 엄마는 필요한 물건을 사고 장부에 적힌 외상값을 주고 집으로 향했다. 가는 곳마다 엄마는 가게 주인과 '언니, 동생' 하며 얘기를 나누었고, 나는 자동 반사 인형처럼 인사하기를 반복했다.

그렇게 엄마는 매번 설이나 추석 무렵이면 외상값을 정리했던 것 같다. 엄마를 따라나선 그날 밤, 명절 대목이라 상점들은 영업을 하고 있었고 거리에 행인들도 적지 않았다. 오일장이든 상설 시장이든 흥정으로 값을 정하는 일이 다반사였던 때이다. 그 시절엔 가게마다 얇은 공책으로 만든 외상 장부가 있었다. 어쩌다 외상값을 떼먹는 이도 있었겠지만, 그렇다고 서로간의 믿음을 포기하지 않았다. 대부분의 손님이 뜨내기가 아니어서 가능했으리라. 엄마는 단골집 외상 장부에 이름을 올린 고객 중 한 사람이었다.

집으로 돌아오면서 엄마에게 '안 그래도 명절 준비로 바쁘면서 왜 오늘 외상값을 갚으러 갔느냐'고 물어봤다. 엄마의 대답은

"많든 적든 갚아야 하는 돈이고 명절 대목에는 외상값을 정리해 주는 게 도리"라는 것이었다. 특별한 밤마실에 나선 날, 걸음을 옮길 때마다 사각거리던 엄마의 치맛자락 소리가 그리워지는 명절이다.

⑫

서화 수집

지난 1월, 카카오톡 메신저의 알림음과 함께 선옥 언니가 보낸 사진과 메시지가 도착했다. 이선옥 의재미술관 관장과 남동생이 '미술작품 기증 확인서'와 '감사장'을 펼쳐 들고 찍은 사진이었다. 아버지 유품인 2점의 병풍 그림을 광주 의재미술관에 기증한 공식 절차가 마무리된 것이다.

아버지는 오랜 기간 서화를 수집하였다. 수집품은 대부분 진도 출신 서화가의 작품이었다. 진도는 국내에서 유일하게 '민속문화예술특구'로 지정된 고장이다. 그 배경에는 지역에 전승되는 춤과 노래뿐 아니라 19세기 이후 소치 허련과 의재(毅齋) 허백련(許百鍊, 1891~1977) 등을 중심으로 일맥을 형성한 서화 유산이 자리한다. 대한민국미술전람회, 즉 '국전(國展)'에서 입선 이상의 성적을 거둔 진도 출신 작가가 수백 명에 달한다고 할 정도로 지역 내 서화 문

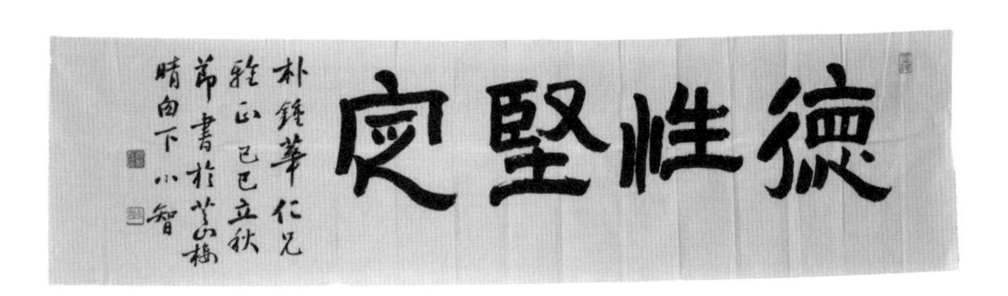

서정재, 〈덕성견정〉,
종이에 수묵, 35.0×136.6cm(김성철 사진)

허의득, 《수묵팔군자도》,
종이에 수묵, 160.0×346.0cm, 의재미술관

김관호, 〈산행〉, 족자,
종이에 묵서,
144.0×47.0cm(김성철 사진)

화가 번성했다. 그 때문에 아버지도 자연스럽게 서화를 접하고 현역 서화가들과 교유하며 수집하게 된 것 같다. 아버지의 소장품 보따리 속에는 「진도출신서화작가록(珍島出身書畫作家錄)」 복사본도 들어 있었다. 작성자는 알 수 없으나 소치 허련부터 근현대 진도 출신 서화가 총 97명의 아호·성명·주소·전화번호·주요 경력·출신지 등을 수기로 정리한 것이었다. 이 목록을 통해 아버지가 무작정 모으기만 한 것이 아님을 알 수 있었다.

아버지는 수집품 중 일부를 병풍이나 액자로 장황(표구)해서 자식들의 혼수에 포함시켰고, 집에 오는 친인척이나 지인들에게 선물하기도 했다. 그렇게 모은 백여 폭의 서화 작품이 유품으로 남았다. 그 종류는 글씨와 그림으로 나뉘고 낱폭 외에 8폭 이상이 한 세트를 이루는 사례도 많다. 부채에 그린 선면(扇面) 회화와 몇 점의 병풍 및 액자 외에는 장황하지 않은 상태이다.

20여 년 전부터 내가 보관해온 족자 한 점은 대한제국 궁내부 사무관을 지낸 제주 출신 서예가 동우(東愚) 김관호(金觀鎬, 1863~1934)의 글씨이다. 중국 당나라 시인 두목(杜牧)의 「산행(山行)」을 행서(行書)로 썼으며, 말미에 호와 이름을 밝힌 관서와 인장이 있다. 이 글씨는 할아버지가 살아계실 때 아버지에게 선물로 준 것이었다. 나머지 수집품은 진도 출신 서화가의 작품들이다.

그중 예서로 쓴 〈덕성견정(德性堅定)〉처럼 일부 작품은 작가가 애초 아버지를 위해 제작했음이 드러난다. '덕성견정'은 『논어집주(論語集註)』에서 따온 글귀로 '덕성을 견고하게 안정시키다'라는 의미이다. 왼편의 관지(款識)에 "박종화인형아정 기사입추절 서어지산루청창하 소지(朴鍾華仁兄雅正 己巳立秋節 書於芝山樓晴窓下 小智)"라 묵서하고 작가의 성명과 호를 새긴 인장 두 개를 찍었다. 이를 통해 기사년, 즉 1989년 음력 7월에 소지(小智) 서정재(徐楨在)가 지산루(芝山樓) 맑은 창 아래서 우리 아버지 박종화(朴鍾華)를 위해 쓴 글씨임을 알 수 있다. 「진도출신서화작가록」에 의하면, 서정재는 진도군 지산면 인지리에 거주했고 국전 서예부에서 입선한 경력이 있는 서예가이다. 추측컨대 작가가 고향 '지산면(智山面)'의 지명을 바탕으로 호와 누명을 지은 것으로 보인다.

선배 미술사학자이자 호남 서화 연구의 권위자인 이선옥 관장은 아버지의 수집품을 일일이 검토해 주었다. 그 결과를 토대로 의재미술관에 두 점의 병풍 그림을 기증하기로 했다. 치련(穉蓮) 허의득(許義得, 1934~1997)의 《수묵팔군자도(水墨八君子圖)》 8폭 병풍이 그중 하나다. 이 관장에 따르면, 허의득은 의재 허백련의 조카이다. 백부인 허백련 문하에서 그림을 배웠고 '연진회' 창립회원으로 활동했다. 그는 여러 차례 국전에 입선했고 전라남도 주최 도전(道展)에서도 수차례 특선한 화가이다.

허의득의 《수묵팔군자도》 8폭 병풍은 각 폭에 대나무·소나무

·매화·목련·난·파초·모란·국화가 그려져 있다. 사군자와 같이 전통성이 강한 화훼류를 소재로 삼은 수묵화이다. 의재미술관이 소장하고 있는 허백련의 《사군자십곡병풍(四君子十曲屛風)》과 주제가 겹치며 필묵법도 흡사하다. 그가 전통 문인화 기법을 존중하고 스승 허백련의 화풍을 충실히 계승했다는 평가에 부합하는 작품이다. 이와 같은 작품들이 아버지 수중에 들어오게 된 경위가 궁금하지만 알 도리가 없다.

아버지의 컬렉션은 진도라는 특정 지역 서화가들의 작품에 집중되어 있다. 실상 학계의 연구자들이 주목할 만한 작품은 희소하다. 현재 미술시장에서 인기가 있는 작품도 아니다. 그러나 아버지의 지문(指紋)이 남아 있는 유품이기에 내게는 특별하다.

13

〈가요무대〉는 월요일

'월요일이구나'. 텔레비전 리모컨 버튼을 누르다 멈추었다. 송가인이 〈엄마 아리랑〉을 부른다. 화면 상단에 〈가요무대〉라는 프로그램 로고가 떠있다. 그 밑에 '나의 사랑 나의 가족'이라는 부제가 붙은 걸 보니 이틀 앞으로 다가온 어버이날 기념 특집 방송쯤 되나 보다. 송가인은 몇 년 전에 오랜 무명생활을 딛고 스포트라이트를 받기 시작한 진도 출신 대중가수이다. 그녀는 판소리로 다져진 내공과 친근한 캐릭터로 사람들의 이목을 사로잡으며 트로트 열풍을 일으켰다. 한국대중음악사를 새로 썼다고 평가해도 될 정도이다. 내가 국악 전문가는 아니지만 그녀의 음색은 독보적이다. 송가인이 대중가수로 전향함으로써 국악계는 '하늘이 내린 소리꾼' 하나를 잃었다는 생각이 든다. 송가인이 부르는 〈엄마 아리랑〉과 〈서울의 달〉은 엄마 생전의 고향집으로 나를 이끈다.

KBS 1TV에서 매주 월요일 밤에 방송하는 〈가요무대〉는 엄마가 챙겨보는 몇 안 되는 프로그램이었다. 뉴스와 〈가요무대〉, 〈전국노래자랑〉, 〈국악한마당〉, 〈동물의 왕국〉이 전부였다고 할 정도로 엄마는 텔레비전에 흥미가 없었다. 여성들이 즐겨보는 드라마에 전혀 관심이 없었다. 그나마 〈전원일기〉는 한 번씩 봤던 것 같다. 내가 "엄마는 어째 연속극을 안 본가?"하고 물어본 적이 있다. 엄마의 대답이 의외였다. "연속극은 가짜라서, 같은 배우가 이 사람 저 사람 역할을 바꿔가며 하는 연기가 거짓말처럼 보여서 재미없어"라고 했다. 그러고 보니 엄마가 주로 보는 프로그램의 공통점은 그 내용이 실제 상황이라는 것이었다.

반대로 아버지는 텔레비전 시청을 즐겼다. 1970년대 초에는 축구나 복싱 같은 스포츠 중계방송을 보러 이웃 마을 용무 오빠네 집에 가기도 했다. 엄마에게 먼 조카였던 용무 오빠는 아버지의 직장 동료로 절친한 사이였다. 아버지는 두어 번 나도 데려갔다. 내 기억 속에 해상도 낮은 흑백 화면의 경기 장면이 남아 있다. 사실 나는 우리집에 없는 텔레비전 그 자체가 궁금해서 따라갔다. 그러니 경기는 본체만체했고 금새 꼬꾸라져 잠이 들곤 했다.

얼마 지나지 않아 아버지가 텔레비전을 사들였다. 텔레비전의 상표는 엘지(LG)의 할아버지뻘인 '금성(金星)'이었다. 언뜻 보면 탁자처럼 생겼는데, 네 귀퉁이에 다리가 달린 목재 상자 중앙의 문손잡이를 양쪽으로 밀면 브라운관이 나타났다. 하지만 전파 상태가 고르지 않았고 날씨에 따라 화면이 지지직거리며 흐려지거나 멈추기 일쑤였다. 그때마다 누군가 마당에 나가 기다란 안테나 봉을 잡

제주민속자연사박물관 전시실의
1970년대 텔레비전(골드스타 VS-688U TV)

고 이리저리 돌리며 "어때? 인제 나와?"라고 소리를 쳤고 방에 있는 사람은 "아니 안 나와" 혹은 "인자 됐어. 들어와"라고 응수했다. 그러다 중요한 장면이 지나가 버려 못 볼 때도 많았다.

당시 우리집이 자리한 '땅골(혹은 '당동리)' 일대에 텔레비전이 있는 가정은 드물었던 것 같다. 동네 사람들이 간간이 스포츠 경기나 드라마를 보기 위해 우리집으로 모였기 때문이다. 그 시절 내가 어른들 틈에 끼어서 본 드라마가 이정길·김자옥 주연의 〈수선화〉다. 1974년 6월부터 12월까지 MBC에서 방영한 일일연속극이었다. 어린 내 눈에 주인공 김자옥(1951~2014) 씨가 정말 예뻐 보였다. 그러니까 아버지가 1974년이 저물기 전에 텔레비전을 구입한 것이다.

나이가 들면서 아버지가 텔레비전 앞에 앉아 있는 시간도 점점 늘어났다. 뉴스는 물론 스포츠·드라마·예능을 가리지 않고 봤다. KBS 9시 뉴스 직전에 방송하는 일일드라마와 주말드라마를 빠트리지 않고 시청했고 여행 프로그램을 좋아했다. 내 전공과 관련되는 프로그램이 방영되면, 일부러 전화를 걸어 알려주셨다.

엄마가 떠나시고 독거노인이 된 아버지는 밤마다 안방 침대에 누워 텔레비전을 보다가 잠이 들었다. 최근 들어 도시나 농촌이나 예외 없이 홀로 사는 노인이 크게 증가하고 있다. 각종 매체를 통해 온종일 텔레비전을 켜놓고 지내는 노인들을 보면 측은한 마음이 인다. 그 위로 아버지 모습이 오버랩되기 때문이다. 엄마가 없는 고향집에 내려갈 때마다 나는 리모컨을 손에 쥔 채 잠든 아버지를 대신해 텔레비전을 끄곤 했다.

〈가요무대〉는 1985년부터 장장 40년째 방송중인 음악 프로그램으로 중장년층이 즐겨 본다. 아버지도 엄마처럼 〈가요무대〉의 애청자였다. 언젠가 아버지가 녹화장에 가서 〈가요무대〉를 관람하고 싶다고 했다. 나는 방송국 홈페이지에 접속해 사연을 입력했고, 운이 따랐는지 방청권을 구할 수 있었다. 녹화 날짜에 맞춰 일부러 서울까지 올라온 아버지는 화면으로만 본 가수들의 라이브 공연을 보고 즐거워했다. 그 경험을 친구들과 공유하고 싶어진 아버지가 의신국민학교 제26회 동창생들과 단체 관람을 하게 해 달라고 했다. 나는 이번에도 홈페이지에 공들여 작성한 장문의 사연을 올렸다. 아버지가 동창생들 앞에서 어깨가 으쓱해지도록 해주고 싶었으나 단체 관람권을 확보하지는 못했다.

부모님이 안 계신 지금, 나는 예전과 달리 채널을 돌리지 않고 〈가요무대〉를 시청한다. 같은 시각 엄마와 아버지도 고향집 텔레비전 앞에 앉아 계시면 좋겠다고 생각하며 〈가요무대〉를 본다. 내게 〈가요무대〉는 월요일이다.

14

엄마의 노래

"엄마! 노래 좀 해보게."

"뜬금없이 무슨 노래를 하라고 하냐?"

"그냥 듣고 싶어서……. 〈진도아리랑〉도 좋고 〈목포의 눈물〉도 좋고 아무거나 엄마가 부르고 싶은 거. 내 핸드폰에 녹음해 뒀다가 듣고 싶을 때 들을랑게 한 곡 불러주게. 응!"

그날 엄마는 노래를 부르지 않았다. 나는 여동생 집 소파에 나란히 앉아 항암치료 후유증으로 더벅머리가 된 엄마 머리카락을 쓸어 넘기며 노래 좀 불러달라고 채근했다. 그때까지 엄마는 자신이 말기 암 환자라는 사실을 몰랐다. 온 가족이 모의해 탈모 현상은 단순한 항생제 부작용이라고 엄마를 안심시킨 탓이다. 그러니 내가 갑자기 엄마 노래를 녹음하자고 달려드는 의도를 알 리 없었다. 엄마는 연서가 오면 동요를 따라 부르며 즐거워했지만, 그날은 내키지 않으셨던 게다. 나는 더 이상 엄마를 조르지 않았다. 결과적으로 엄마 노래를 한 곡도 채록하지 못했다.

"진도에서는 길 가는 사람 아무나 붙잡고 노래를 시켜도 잘한다"라는 말이 있다. 진도 사람들의 삶 속에 깊이 뿌리내린 것이 노래라는 의미다. 엄마도 진도 주민으로서 '노래께나 하는 축'에 들었다. 이미 어려서부터 끼가 많고 목청이 좋아서 민요와 유행가를 두루 잘 불렀다. 봄가을에 친구들과 떠나는 단체 관광의 대표 가수였고 동네에 행사가 있으면 엄마는 으레 마이크를 잡았다. 또한 정식으로 교습을 받은 적이 없음에도 '반주장구'도 웬만큼 칠 수 있었다. 반주장구의 북편은 손바닥으로, 채편은 대나무를 깎아 만든 열채로 친다. 20여 년 전, 창포리에서 열린 잔치마당에서 장구를 치는 엄마 모습이 담긴 사진이 있다.

엄마가 어느 날 친구들이 갖고 있는 걸 봤다며 "쨰깐한 기곈데 노래가 수백 곡 나와야. 나도 하나 사야겄다"고 해서 "그라게"라고 했다. 그게 무슨 기계인지 궁금했는데, 알고 보니 엠피쓰리(MP3)였다. 엄마가 여동생 집에서 투병을 할 때는 내가 갖고 있던 소형 카세트 시디플레이어를 갖다 드렸다. 그리고 매주 중앙대 안성캠퍼스 강의를 마치고 오는 길에 고속도로휴게소에 들러 엄마가 좋아하는 음반을 사서 날랐다.

어느 날 엄마가 "엄마 인생을 얘기하는 것 같은 노래가 있다"고 했다. 무슨 노래인지 알려주면 구해주겠다고 했는데, 제목도 가수 이름도 모른다고 했다. 엄마가 기억하는 몇 소절의 가사를 검색해서 찾아낸 곡이 류계영이 2003년에 발표한 〈인생〉이었다. 인트로에 이어 다음과 같은 가사가 나오는 곡이다.

> 운명이 나를 안고 살았나
> 내가 운명을 안고 살았나
> 굽이굽이 살아온 자욱마다
> 가시밭길 서러운 내 인생
> 다시 가라하면 나는 못가네
> 마디마디 서러워서 나는 못가네
> (……)

내가 이전에 한 번도 들어본 적이 없는 노래였다. 가수 이름도 생소했다. 그래도 엄마가 〈인생〉이라는 유행가에 공감한 이유는 금방 알 수 있었다. 한 소절 한 소절 가슴을 치는 노랫말로 인해 음반을 사다 줄 엄두조차 내지 못했다. 엄마에게는 가끔 인터넷에 연결해 들려주겠다고 하고 넘어가 버렸다. 얼마 전, 엄마가 남긴 작은 수첩을 뒤적이다가 사인펜으로 흘려 쓴 '류계장 인생'이라는 메모를 발견했다. 가수 이름에 오자가 있는 걸 보니 엄마에게도 낯선 가수였던 것 같다. 엄마가 펜을 들어 메모한 이유는 노랫말에 공명했기 때문이었을 것이다. 나는 여전히 〈인생〉이라는 노래를 듣는 일이 버겁다.

엄마를 닮았는지 우리집 오남매는 모두 노래를 잘하는 편이다. 음치나 박치가 없다. 청소년기까지 스스로 음치라고 생각했던

친구들과 관광 가서 노래 부르는 엄마(김성철 사진)

창포리 팽나무 아래에서 열린 잔치에서 장구 치는 엄마(김성철 사진)

나도 대학에 들어가 동아리 활동을 하면서 노래에 소질이 있다는 소리를 들었다. 심지어 20대를 마감하기 전, 두 차례나 프로페셔널 가수가 될 뻔한 해프닝도 있었다. 가끔 그때 내가 노래하라는 제의를 받아들였다면 어떤 삶을 살았을지 궁금하기도 하다. 시도 때도 없이 그리운 엄마, 오늘도 엄마 노래가 듣고 싶다.

⑮

버킷 리스트

언제부터인가 주변에 '버킷 리스트' 운운하는 사람들이 많아졌다. '소망 목록'이라고 번역되는 버킷 리스트는 각자 죽기 전에 꼭 하고 싶은 일을 정리한 것이다. 그러면 "나의 버킷 리스트는 무엇으로 채울까"를 곰곰이 생각해 보았다. 어차피 실현 가능성을 따지지 않는다면 내 버킷 리스트는 딱 한 줄이면 족할 것 같다. '엄마와 함께 엄마의 버킷 리스트 실행하기'다.

몇 개월 전, 친구가 〈3일의 휴가〉라는 영화를 봤다고 했다. 그리고 "너는 안 보는 게 좋을 거 같아"라고 했다. 그래서 안 봤다. 며칠 전에 문득 그 영화가 떠올라 녹색 창에서 검색해 봤다. 감독은 육상효이고, 주연은 연기파 배우 김해숙과 보기만 해도 사랑스러운 신민아다. 내친김에 줄거리까지 훔쳐봤다. 친구가 왜 보지 말라고 했는지 알 것 같았다. 나의 버킷 리스트를 '엄마와 함께 엄마의 버킷 리스트 실행을 위한 3일 얻기'로 수정했다. 혹시 내가 양보해서 '3일만'이라고 하면 실현 가능성을 높일 수 있지 않을까 하는 마음으로. 하지만 영화는 영화일 뿐이다. 나는 엄마의 버킷 리스트를 볼 수 없다. 그래서 나의 버킷 리스트도 부도난 어음과 다를 바 없다.

그럼에도 불구하고 내게 '3일'이 주어진다면, 내내 엄마와 같은 시공간에 있으리라. 같이 먹고 같이 자고 같이 웃고 뭐든 같이 하련다. 내가 조리한 메뉴로 총 아홉 끼의 밥상을 차릴 것이다. 예쁘게 꽃단장하고 사진관에 가서 엄마와 투샷 사진도 찍을 것이다. 외갓집이 있는 초상마을에 가서 엄마의 추억 얘기를 들을 것이다. 돌담길을 따라 손잡고 거닐다가 흥얼흥얼 노래도 부를 것이다. 그렇게 72시간을 꽉 채운 다음 꼭 껴안고 속삭일 것이다. 엄마처럼 나도 하늘만큼 땅만큼 사랑한다고. 그리고 존경한다고.

돌아보니 나 혼자 힘으로 엄마를 위한 밥상을 차린 적이 없다. 엄마와 둘이 작정하고 찍은 사진도 없다. 국내외 답사를 꽤 많이 다녔지만, 시간을 내서 엄마와 여행한 적이 없다. 도대체 나는 뭘 하고 산 것일까. 나의 버킷 리스트 최종본은 "어느 하늘, 어느 땅에서든 엄마랑 다시 만나기"다. 그때는 내가 엄마의 엄마이고 싶다.

나가며: 나의 씻김굿

꽃자주 솜버선 한 켤레가 남았다. 고향집을 비우던 날, 그동안 보관해 온 엄마의 가방을 열었다. 엄마가 광주로, 서울로 옷과 소지품을 담아 끌고 다녔던 짐 가방이다. 거기에는 엄마가 보낸 마지막 봄과 여름이 들어 있었다. 통원치료를 받으러 가거나 산책할 때 입었던 엄마의 옷가지들이다. 장례를 마친 후 유품을 정리할 때, 아직 엄마의 체취가 남아 있을 것 같은 그 가방만은 치우지 못했다.

그렇게 엄마의 꽃자주 솜버선도 8년 가까이 가방 속에 구겨진 채 잠들어 있었다. 쭈글쭈글해진 버선은 솜을 넣은 방한용이었다. 엄마는 난방비를 아끼느라 집에서 솜버선을 신고 겨울을 나곤 했다. 솜은 눌렸고 바닥 부분이 해진 그 버선도 엄마가 병마와 씨름하던 그해 초봄까지 신었다. 자목련처럼 고운 빛깔의 꽃자주 솜버선, 그것은 발바닥이 부르트도록 평생 서둘렀던 엄마의 초상(肖像) 같았다.

엄마의 솜버선은 '헌것'이다. '새것'이 한 번도 쓰지 않은 것이라면 '헌것'은 사용한 것을 의미한다. '헌것'을 하찮게 여기고 오로지 '새것', 이른바 '신상'에 열광하는 시대지만 '헌것'에는 '새것'에 없는 것이 있다. '헌것'에는 누군가의 시간과 이야기가 녹아 있다. 모든 유품은 '헌것'이다. 유품은 고인이 머물렀던 시간과 공간, 그리고 땀과 눈물, 웃음의 스토리를 품고 있다. 내게는 말쑥한 명주버선보다 보푸라기가 일고 구멍이 숭숭 뚫린 나일론 솜버선이 더 귀하다. 엄마의 시간이 깃든 '헌것'이니까.

알다시피 "개똥밭에 굴러도 이승이 낫다"는 속담이 있다. 엄마도 개똥밭이라도 좋으니 이승에서 자식 손자들과 평범한 일상을 지속하고 싶어 했다. 나는 나대로 엄마가 없는 세상이 여태도 낯설다. 인명(人命)이 재천(在天)이라 해도 누구든 죽음을 향해 손사래 치기는 매한가지다. 영화처럼 의연한 모습으로 죽음을 맞는 이가 몇이나 될까. 동서고금을 막론하고 상장례 의례를 중히 여긴 것은 그 때문일 것이다.

'진도 씻김굿'의 탄생 배경도 다르지 않다. 특히 씻김굿에서 해원(解冤)의 대상은 망자뿐 아니라 조상과 유족, 자손까지 두루 아우른다. 또한 세습무인 당골과 악사들의 춤과 노래, 희설이 뼈대를 이루지만, 상주와 문상객들도 참여하는 총체극에 가깝다. 굿하는 장소는 집안과 마당의 제청, 대문간으로 이동하며, 조왕굿부터 종천맥까지 20여 가지 내용이 순서대로 연행된다. 그중에서 망자의 한을 푸는 '고풀이'와 넋을 씻어주는 '이슬털이', 저승으로 통하는 길을 닦는 '길닦음' 순서가 클라이맥스로 꼽힌다. 망자의 안식을 비는 동시에 남은 이들을 덮친 상실의 아픔을 삭이는 재생과 순환의 논리가 씻김굿을 관통한다. 내가 지금까지 수년 동안 엄마의 유품을 정리해

엄마의 솜버선

온 여정은 내 방식의 '씻김굿'이나 다름없었다. 이 책의 집필 작업은 망자의 옷을 태우고 굿판을 정리하는 종천맥으로 치닫는 과정이었다. 내가 당골이 되어 춤과 노래 대신 펜으로 엄마와 아버지, 그리고 나 자신을 위무하고 거듭나기 위한 이별의식이었다.

인간이 생을 찬미하고 생에 집착하는 것은 근본적으로 삶이 유한하기 때문이다. 그리하여 죽음으로써 생명이 끝나는 것처럼 보인다. 하지만 생은 고인이 남긴 물건과 기억, 바로 유형 혹은 무형의 '유품'을 통해 보다 높은 차원으로 승화한다. 나는 그것이 우리가 숨 쉬는 실체적 역사라고 본다. 그게 누구든 엄연한 생과 사는 차별 없이 존중받아야 하고 모두가 옷깃을 여며야 하는 이유이다. 어느 때부터인가 우리 주변에 포진한 타자의 죽음에 대한 불감증과 형해화(形骸化)되어 가는 상장례 문화에 대한 진지한 고민이 필요한 이유이기도 하다.

나는 앞으로도 누군가의 유품을 연구하는 미술사학자로서 남은 날들을 채워갈 것이다. 정선과 김홍도처럼 잘 알려진 화가뿐 아니라 익명의 화공이 남긴 유품, 곧 그들의 그림을 끌어안고 밤을 지새우고 키보드를 두드릴 것이다. 어떤 날은 '다빈치 코드'처럼 그림 속 비밀을 발견하고 환호성을 지를지도 모른다. 나는 먼 훗날 재회한 엄마에게서 "내 딸 애썼어"라는 말을 들을 수 있도록 잘 지내려 한다. 그래야 일평생 헛꽃의 소명을 완수하는 데 진력했던 엄마에게 조금이라도 보답할 수 있을 테니 말이다. 이 책은 위대한 헛꽃으로 살며 역사를 떠받친 나의 엄마, 아니 세상의 모든 '영자 씨'에게 바치는 헌사(獻詞)다. 굿바이 영자씨!

감사의 글

작심하고 원고에 매달린 6개월여 동안 날마다 그리움의 촉수가 하나씩 새로 돋았다. 그리움은 말미잘의 촉수처럼 하늘거리다 별 일 없이 지나간 날들에 가닿았다. 왕겨를 땔감으로 사용하던 시절, 엄마는 불이 잦아들지 않도록 쉬지 않고 철제 손 풍로를 돌렸다. 엄마가 아궁이 앞에 앉아 손 풍로를 돌리면 가마솥의 밥이 익고 된장국이 끓었다. 고향집 굴뚝에서 연기가 피어오르고 밥 냄새가 코를 간지럽히던 해거름이 몸살 나게 그리웠다.

8년 전, 엄마가 떠나셨을 때는 경황이 없었거니와 근현대 유물의 기증(기탁)에 대한 구체적인 정보도 없었다. 그 때문에 챙기지 못한 유품이 많고 아쉬움도 크다. 그런데 2021년부터 한국국학진흥원에서 멸실되거나 훼손될 위기에 있는 '근대기록문화조사사업'을 진행하고 있음을 알게 되었다. 뿐만 아니라 국가유산청은 지난 9월 15일부터 '근현대문화유산의 보존 및 활용에 관한 법률'을 시행한다고 밝혔다. 이미 대부분의 국·공립박물관이 근현대 생활문화 관련 유물을 폭넓게 수집하고 있다. 누구든 유품 정리를 앞두고 있다면, 적극적으로 기증(기탁) 제도를 활용하라고 권하고 싶다. 나 역시 조만간 부모님의 유품을 적절한 기관에 맡기는 절차를 밟으려 한다.

이 책을 준비하고 탈고하는 과정에서 많은 분들의 은덕을 입었다. 나는 엄마 생전에 이런 책을 내겠다고 염두에 둔 적이 없다. 집필 동기는 뒤늦게 마주한 유품 그 자체였다. 특히 휴대폰 속 엄마 사진과 일기장의 울림이 컸다. 그처럼 사전 준비가 부족한 상황에서 춘자 이모는 엄마 이야기의 복원에 결정적 역할을 해준 인터뷰이였다. 사실 확인에 필요한 정보를 제공한 친인척과 지인들이 적지 않다.

분야별 전문가들이 유품 관련 자료의 수집과 분석에 크고 작은 도움을 줬다. 진도 답사까지 감행한 김성철 선배 덕분에 사진 작업이 가능했다. 이형권 선배는 수십 년 전에 찍은 사진을 찾느라 낡은 앨범을 뒤졌다. 산행 길에 만난 산수국을 촬영해 보내주신 하영휘 교수님과 삽도 제작을 맡아준 제자 박준형 작가, 그리고 게재 도판의 소장처와 관계 기관의 협조도 빼놓을 수 없다.

긴 세월 인연을 다져온 김정호 언니와 벗들(김정희·나은주·문덕희), 지인들(길정선·이주연·임정아·임현수)이 초고를 검토하는 데 시간을 내주고 출판을 독려했다. 그 밖에도 집필 취지에 공감하며 마음을 보탠 이들까지 모든 분께 머리 숙여 감사드린다.

언젠가부터 '종이책의 위기'라는 말이 나돌고 있음에도 부족한 원고에 훈기를 불어넣어 갈무리해 준 성균관대학교 출판부 구남희 선생님께 깊이 감사드린다. 덧붙여 어디선가 이 책의 책장을 넘기며 마음을 나누게 될 독자들께도 감사 인사를 전하고 싶다.

2024년 11월

박정애

미술사학자의
엄마 유품 정리 보고서
굿바이, 영자 씨

1판 1쇄 인쇄 2024년 11월 22일
1판 1쇄 발행 2024년 11월 29일

지은이 박정애
펴낸이 유지범
책임편집 구남희
편집 신철호 · 현상철
외주디자인 심심거리프레스
마케팅 박정수 · 김지현

펴낸곳 성균관대학교 출판부
등록 1975년 5월 21일 제1975-9호
주소 03063 서울특별시 종로구 성균관로 25-2
전화 02)760-1253~4
팩스 02)760-7452
홈페이지 http://press.skku.edu/

ISBN 979-11-5550-647-9 03810